卷九

韻目

［一］ 吕校：「《廣韻》作《二沃》。」

［二］ 吕校：「《廣韻》作《八物》。」

［三］ 毛鈔「没」字作「沒」。

［四］ 吕校：「《廣韻》作《十五鎋》。」

［五］ 明州本注「薛」字作「薜」。

一屋

［一］ 方校：「案：『臺』，《類篇》同，二徐本作『臺』。」

［二］ 明州本、潭州本、金州本、毛鈔、錢鈔注「刀」字作「尸」。余校、韓校、陳校、顧校、陸校、龐鴻書校、錢氏父子校同。馬校：「『尸』，局誤『刀』。」方校：「案：『刀』，當从宋本及《説文》作『尸』，『屋形』上二徐本竝有『尸象』二字。」

［三］ 「至所至止」四字，余校作「止也」。韓校同。吕校：「『所至』衍。」方校：「案：『所』下大徐本不疊『至所』二字。小徐本并無『止』上『至』字。段氏从小徐本於『止』下增『也』字。」

［四］ 明州本、錢鈔注「訇」字作「旬」。錢振常校同。誤。潭州本、金州本、毛鈔作「旬」。

［五］ 《廣韻》：「郿，地名。」按：《漢書·地理志》「南陽郡雉縣」原注：「衡山澧水所出，東至郿入汝。」顔注：「郿音屋。」王先謙《漢書補注》：「齊召南曰：『漢無郿縣，以《水經注》證之，郿自是郾字之譌。郾，潁川郡屬縣也，然師古云郿音屋，則唐初本已訛矣。』錢大昕曰：『郾即今河南郾城縣，自師古誤釋，《廣韻》、《集韻》始出郿字，云地名，在南陽，皆謬也。』」

［六］ 馬校：「案：《邶風》毛傳：『渥，厚也。』『腥』與『渥』同。《周禮》見《考工記》。《説文》無『腥』字，故鄭司農腥讀如沾渥之渥。釋文：劉音屋。此古音。《廣韻》乃轉入《四覺》。」

［七］ 馬校：「案：『需』當作『耎』，釋文人兗反，『耎』字之音也。丁氏已從誤本。」

［八］ 馬校：「凡宋本从『㱿』諸字皆如此作。局『㱿』、『殸』雜出。」

［九］ 方校：「案：『臃』訛『臃』，『羹』訛『羹』，據《説文》正。」按：錢鈔注「羹」字正作「羹」。錢氏父子校同。又明州本、錢鈔「臃」字作「臃」。

［一〇］ 莫校「熱」作「熱」。

［一一］ 段校作「縠」，云：「宋本每字皆从『㱿』。」方校：「案：『縠』訛『縠』，據宋本及二徐本正。」按：毛鈔正作「縠」。韓校、陳校同。

［一二］ 段校作「彀」。

［一三］ 方校：「案：凡从『㱿』得聲者，不宜省作『殸』，此書前文『縠』，後文『瞉』、『穀』、『轂』、『㲄』、『瀔』等字皆譌，今竝正。」

［一四］ 明州本、潭州本、金州本、毛鈔「鷇」、「鷇」作「鷇」、「鷇」，注「夘」作「夘」。龐校、錢氏父子校同。余校「夘」作「夘」。吕校：「宜从卵。」

［一五］ 方校：「案：『鱻』譌『鱻』，『練』譌『練』，據二徐本正。」按：明州本、毛鈔、錢鈔注「練」字正作「練」。陸校、龐校、錢振常校同。

［一六］ 方校：「案：『㲉』當作『㲉』。」按：明州本、毛鈔、錢鈔「㲉」字正作「㲉」。龐校、莫校、錢氏父子校同。

[一七] 明州本、錢鈔「𣪊」字作「㱿」。錢振常校同。

[一八] 顧校「㲉」作「㲉」。方校：「案：『㲉』字俗，此作『㲉』，尤非，蓋傳録之誤。」

[一九] 《博雅》見《釋詁三》。據王氏疏證，此注「歺」字當作「死」。王氏云：「各本俱脱『死』字。《集韻》、《類篇》『殑』、『殐』、『𣩠』、『殰』四字注竝引《廣雅》『歺也』，則宋時《廣雅》本已脱去『死』字。考《廣韻》云『殑殐，死皃』。出《廣雅》』，又『殑』、『殐』、『𣩠』、『𣩵』、『殰』五字諸書竝訓爲死，今據以補正。」

[二〇] 方校：「案：『㲉』譌『㲉』，據二徐本正。」

[二一] 明州本、毛鈔、錢鈔「瀫」字作「瀫」。陳校、龐校、錢振常校同。

[二二] 明州本、毛鈔、錢鈔「鷔」字作「鷔」，「鸐」字作「鸐」。段校、陳校、陸校、龐校、錢氏父子校同。

[二三] 明州本、錢鈔注「鷔」字作「鷔」。陳校、陸校、龐校、錢氏父子校同。方校：「案：『鷔』譌『鷔』，據宋本正。《廣韻》作『鷔』，《類篇》作『鷔』，竝誤。又據注義『鸐』亦當作『鸐』。」按：下字當作「鸐」。

[二四] 明州本「㲉」字作「㲉」。錢鈔作「㲉」。按：字當作「㲉」。

[二五] 方校：「案：『縛』譌『縛』，據大徐本正。」按：金州本、毛鈔注「縛」字作「縛」。顧校、錢校同。

[二六] 方校：「案：《晉書・胡奮傳》：『屯萬斛堆。』音義：『斛與斛同。』」

[二七] 方校：「案：『具』上奪『射』字，據宋本及二徐本補。」按：曹本如此，顧氏重修本補「躲」。

[二八] 明州本、潭州本、金州本、錢鈔「㲉」字作「㲉」。錢校同。

[二九] 錢校「㲉」字作「㲉」。與正文合。

[三〇] 明州本、毛鈔、錢鈔「卜」字作「上」。段校、錢校同。又「卩」字作「⺊」。段校、韓校、陸校、龐校、錢校同。注「灸」字作「灸」。馬校：「『⺊』，《廣韻》同，局誤『卩』。」方校：「案：『上』、『⺊』譌『卜』、『卩』，『灸龜』譌『灸龜』，據宋本及小徐本正。」

[三一] 明州本、毛鈔、錢鈔「汴」字作「汁」。方校同。

[三二] 毛鈔注「免」字作「兔」。陳校、馬校、錢校同。

[三三] 明州本、毛鈔、錢鈔注「作」字作「从」。非。馬校：「『从』當作『作』，宋誤，局不誤。」按：潭州本、金州本作「作」。

[三四] 方校：「案：『棗』譌『棗』，據二徐本正。」按：明州本、毛鈔、錢鈔注「棗」字正作「棗」。錢校同。

[三五] 方校：「案：《廣韻》亦引《山海經》，今《山海經》無此語。」

[三六] 段校作「撲」，云：「宋本每字皆从『丵』。」

[三七] 方校：「案：『𣪍』譌『𣪍』，據《廣雅・釋獸》正。」按：明州本、潭州本、金州本、毛鈔、錢鈔注「𣪍」字正作「𣪍」。陳校、龐校、錢校同。

[三八] 馬校：「『凷』，局誤『由』。」丁校據《説文》作「凷」。方校：「案：『凷』譌『由』，據《説文》正，即古『塊』字。」

[三九] 陳校：「《類篇》作『譔』。」

[四〇] 馬校：「『美』字宋亦誤，《廣韻》作『羨』。」丁校據《類篇》「美」作「羨」。方校：「案：『羨』譌『美』，據《類篇》正。」

[四一] 明州本、毛鈔、錢鈔注「目」字作「臣」。馬校、龐校、錢校同。陳校：「从臣，《韻會》作『僕』。」呂校：「宜作『臣』。」

[四二] 方校：「案：『䑑』譌『䑑』，『臣』譌『目』，據宋本及《廣韻》正。」

[四三] 方校：「案：『樕』譌『樕』，據《爾雅・釋木》及《類篇》正。」

[四四] 明州本、毛鈔、錢鈔注「伏」字作「伏」，「免」字作「兔」。陳校同。潭州本、金州本注「伏」字作「伏」。馬校：「局作『伏』，『兔』少點。」方校：「案：『伏兔』譌『伏免』，據宋本及《廣雅・釋器上》正。」

[四五] 毛鈔注「冒」字作「冒」。陳校同。馬校：「兩『冒』字局俱誤『冒』。」方校：「案：『冒』譌『冒』，據《説文》正。下文『䏔』作『䏔』，亦誤」。

[四六] 汪校：「《説文》水出青州乃『沭』字，注从水、朮，食聿切。注誤，應注《六術》『沭』字下。」方校引陳氏説同。

[四七] 方校：「案：『歷』譌『歷』，據二徐本正。『交』，二徐同，段據宋本及《韻會》改『文』。」按：明州本、金州本、毛鈔、錢鈔注「歷」字正作「歷」。段校、陸校、龐校、錢氏父子校同。馬校：「『歷』，局作『歷』，不成字。」呂校：「《説文》作

『歷』。」

［四七］方校：「案：『轢』譌作『轢』，據《類篇》及本文正。」按：明州本、潭州本、金州本、毛鈔、錢鈔注「轢」字正作「轢」。顧校、龐校同。馬校：「『轢』，局作『轢』，不成字。」

［四八］段校作「䑲」。馬校：「局作『䑲』，少末筆。」

［四九］明州本、潭州本、金州本、毛鈔、錢鈔注「鴘」字作「舒」。汪校、顧校、陸校、龐校、錢校同。馬校：「『舒』誤『鴘』。」丁校據《説文》「鴘」改「舒」。方校：「案：『舒』譌『鴘』，據宋本及二徐本正。」

［五〇］陳校：「『麥』，《類篇》作『麥』。」方校：「案：『麥』譌『麥』，據《類篇》正。」

［五一］方校：「案：『誓』、『遬』竝譌从敕，據《説文》及本文正。」

［五二］明州本、潭州本、金州本、毛鈔、錢鈔注「以」字作「从」。余校、韓校、陳校、丁校、龐校、錢氏父子校同。馬校：「『从』，局誤『以』。」方校：「案：『从』譌『以』，據宋本正。」

［五三］明州本、毛鈔、錢鈔「殐」字作「殐」。陳校、龐校、錢校同。

［五四］按：《廣雅·釋詁三》：「殗殐，死也。」王氏疏證：「各本俱脱『死』字。《集韻》、《類篇》『殗』、『殐』、『殗』、『殯』四字注竝引《廣雅》『歺也』，則宋時《廣雅》本已脱去『死』字。考《廣韻》云『殗殐，死皃，出《廣雅》』，又『殗』、『殐』、『殗』、『殗』、『殙』五字諸書竝訓爲死，今據以補正。」

［五五］方校：「案：『觳觳』譌『觳觳』，後都木切同，據宋本及《廣韻》正。」

［五六］明州本、潭州本、金州本、毛鈔、錢鈔注「菜」字作「菜」。錢校同。馬校：「『菜』，局誤『菜』。」吕校：「宜作『菜』。」

［五七］方校：「案：『菜』譌『菜』，據宋本及《釋器》正。」

［五七］明州本、毛鈔、錢鈔注「蔌」字作「簌」。錢校同。非。潭州本、金州本作「蔌」。

［五八］陳校：「棟，赤棟木。入《麥韻》色責切，从朿，不从束。」董校：「焕案：《爾雅》赤棟，郭音霜狄反，非从束也。」馬校：「案：木名之『棟』字从朿，與椽名之『棟』字音義各殊。《詩》『隰有杞桋』，傳：『桋，赤棟也。』《説文》有『桋』無『棟』。《爾雅》『桋，赤棟，白者棟』，郭注：『赤棟，樹葉細而岐鋭，皮理錯戾，好叢生山中，中爲車輞，白棟葉員而岐，爲大木。山厄切。』《玉篇》：『棟，赤棟木。山革切。』『棟』，丑足、七足二切，短椽也。分别甚明。自《詩》、《爾雅音義》『棟』皆誤『棟』，《廣韻》入《屋韻》，《集韻》仍其誤。今當删《屋韻》之『棟』，而存《麥韻》之『棟』。」

［五九］方校：「案：『楸』譌从手，據《爾雅·釋木》音義正。」按：明州本、潭州本、金州本、毛鈔、錢鈔注「揪」字正作「楸」。陳校、陸校、龐校、錢氏父子校同。馬校：「『楸』，局作『揪』，當从木。」

［六〇］陳校：「『瘷』从朿，見色責切下，不从束。」

［六一］方校：「案：『瘁』譌从幸，據《類篇》正。」按：明州本、毛鈔、錢鈔注「瘁」字正作「瘁」。陳校、陸校、龐校、錢氏父子校同。

［六二］陳校：「《山海經》从木作『楸』。」方校：「案：《山海經》四『獙』作『楸』。」

［六三］方校：「案：『簌』譌『簌』，據《類篇》正。」按：明州本、潭州本、金州本、毛鈔、錢鈔「簌」字正作「簌」。顧校、龐校、錢氏父子校同。馬校：「『簌』，局誤『簌』。」

［六四］明州本、毛鈔、錢鈔注「䃉」字作「䃉」。龐校、錢氏父子校同。

［六五］潭州本、金州本、毛鈔注「未」字作「末」。余校、韓校、陳校、馬校、錢振常校同。吕校：「宜作『末』。」方校：「案：『末』譌『未』，據宋本及《類篇》正。」

［六六］陳校：「當作『蠸』，从丵，見《覺韻》仕角切。」方校：「案：『蠸』不得音鏃，疑『蠸』字之譌。」按：明州本、毛鈔、錢鈔「蠸」字作「蠸」。顧校、錢氏父子校同。馬校：「局皆誤作『蠸』。」

［六七］明州本、錢鈔「瘯」字作「瘯」，注同。龐校、錢校同。誤。潭州本、金州本、毛鈔作「瘯」。

［六八］方校：「案：『豥』舊本《方言》二作『豥』，盧氏據《説文》改『琢』。」按：改「琢」與《慧琳音義》八十、八十四合。明州本、毛鈔、錢鈔「豥」字作「㺵」，注同。陳校、顧校、龐校、莫校、錢振常校同。馬校：「『㺵』，局誤『豥』，注同。」

［六九］陳校：「『莘』、『稡』二字當作『丵』、『稡』，从丵，又音浞，見《覺韻》。」方校：「案：『莘』、『稡』不得音鏃，《説文》三篇

有『辛』，注叢生艸，補音仕角切。『莘』係『丵』字譌文，《類篇》可證。从木作『樑』，又後來孳生字也，《類篇》作『𥞩』，入《禾部》，與此同誤。」

[七〇] 明州本、潭州本、金州本、毛鈔、錢鈔注「木」字作「禾」。陳校、龐校、錢氏父子校同。馬校：「『禾』，局誤『木』。」

[七一] 陳校：「《廣韻》作『鎐』。」馬校：「《廣韻》作『鎐』，䍃聲不應入《屋韻》，丁仍陸，則所見《廣韻》从石不从䍃，《玉篇》無『鉐』字。」方校：「案：『鉐』，《類篇》同，《廣韻》『鎐』音訓同，未詳孰是。」

[七二] 明州本、錢鈔注「標」字作「摽」。錢氏父子校同。

[七三] 陳校：「从羊。」方校：「案：『鏞』譌『鏞』，據《說文》、《玉篇》正。」按：毛鈔注「鏞」字正作「鏞」。

[七四] 明州本、毛鈔、錢鈔「戚」字作「戚」。韓校、陳校、顧校、龐校、錢氏父子校同。馬校：「戊聲，局作『戚』，俗。」方校：「案：『戚』譌『戚』，據宋本正。」

[七五] 明州本、毛鈔、錢鈔「豰」字作「㲉」。陳校、顧校、龐校、錢氏父子校同。馬校：「从豖，局誤『豕』，『豕』、『豕』互出。」

[七六] 方校：「案：『攴』譌『文』，據《類篇》及本文正。」按：明州本、毛鈔、錢鈔注「文」字作「攵」。顧校、龐校、莫校、錢校同。

[七七] 方校：「案：『㲋』譌『㲋』，據《說文》正。《類篇》作『㲋』。」按：明州本、毛鈔、錢鈔「㲋」字作「㲋」。龐校、錢振常校同。

[七八] 方校：「案：『豖』譌『豖』，據《說文》正。」按：明州本、潭州本、金州本、毛鈔、錢鈔「豖」字正作「豖」。

[七九] 方校：「案：『瑴』譌『瑴』，注『瑴瑴』譌『瑴瑴』，據《類篇》正」。按：明州本、潭州本、金州本、毛鈔、錢鈔「瑴」字作「瑴」，明州本、毛鈔、錢鈔注「瑴瑴」作「瑴瑴」。龐校、錢氏父子校同。陳校「瑴」作「瑴」。陸校同。

[八〇] 方校：「案：『咮』譌『咮』，據《類篇》正。」按：明州本、毛鈔、錢鈔「咮」字正作「咮」。龐校、錢振常校同。

[八一] 方校：「案：『禿』、『秃』竝譌从几，據《說文》、《類篇》正。」某氏校：「『禿』下从儿。『儿』，古『人』字。俗从几者非。」

[八二] 陳校：「《玉篇》又从木。」

[八三] 方校：「案：『杖』譌『枚』，據《廣韻》、《類篇》正。」按：明州本、錢鈔注「枚」字正作「杖」。龐校、錢校同。

[八四] 某氏校：「『讀』、『牘』等字諧聲偏旁从六篇《貝部》之『賣』，『賣』，余六切，衙也。與《出部》賣買之『賣』不同。『賣』中从网，音罔，今皆作『罒』，非。」

[八五] 余校「媟」下補「嬻」字。韓校、陳校同。方校：「案：『媟』下奪『嬻』字，據二徐本補。」

[八六] 明州本、毛鈔、錢鈔「嬻」字作「嬻」，注「夘」字作「夘」。龐校、錢振常校同。陸校「夘」作「夘」。

[八七] 方校：「案：『印』譌『夘』，據《類篇》補。」按：明州本、潭州本、金州本、毛鈔、錢鈔注「夘」字作「印」。余校、韓校、陳校、顧校、陸校、龐校、錢校同。馬校：「『印』，局誤『夘』。」

[八八] 方校：「案：注『匱』字譌『匱』，據二徐本正。」按：明州本、潭州本、金州本、毛鈔、錢鈔注「匱」字正作「匱」。余校、韓校、龐校、錢氏父子校同。

[八九] 方校：「案：『韜』譌『韜』，據《禮記・内則》注正。『櫝』當从《類篇》及本文作『襩』。」按：明州本、潭州本、金州本、毛鈔、錢鈔注「櫝」字作「襩」。陳校、陸校、龐校、錢氏父子校同。馬校：「『襩』，局誤『櫝』。」

[九〇] 馬校：「『罜』从主聲，古音斗，徒谷切即『斗』之入也。此仍《切韻》之舊，斷非孫愐輩所加。『罜』、『麗』疊韻。」

[九一] 潭州本、金州本、毛鈔注「闓」字作「鬭」。段校、陳校、陸校、龐校、錢氏父子校同。丁校據《說文》作「鬭」。方校：「案：『鬭』譌『闓』，據宋本及大徐本正，段氏从小徐本作『鬥』。」

[九二] 明州本、錢鈔注無「爲群」二字。錢校同。

[九三] 明州本、潭州本、金州本、毛鈔、錢鈔注「𧄍」字作「𧄍」。陳校、顧校、陸校、龐校、錢氏父子校同。馬校：「當爲『𧄍』。」方校：「案：『𧄍』譌『𧄍』，據宋本正。」

[九四] 某氏校：「『鶝』譌从春，據書容切『鶝』注正。」按：明州本、毛鈔注「鶝」字正作「鶝」。陳校、龐校、錢振常校同。

[九五] 陳校：「『碌』當作『磟』。」按：《廣韻》：「碡，磟碡，田器。」陸龜蒙《耒耜經》：「耕而後有爬，爬而後有礰礋焉，有磟碡焉。」下文盧谷切作「磟」。

[九六] 方校：「案：此《山海經》三《北山經》北嚣山之獸也，『獸』只作『獨』。《玉篇》同。『䣝』，《玉篇》作『𤞞』。『豖』當从《類篇》改『豕』。」按：明州本、潭州本、金州本、毛鈔、錢鈔「獸」字作「獸」。龐校、錢氏父子校同。又明州本、毛鈔、錢鈔注「豖」字作「豕」。陳校、龐校、錢振常校同。

[九七] 陳校：「同『樚』，音禄，入盧谷切。」

[九八] 方校：「案：『彔』譌『录』，據段校《説文》正。」按：明州本、潭州本、金州本、毛鈔、錢鈔『彔』字作「录」。

[九九] 明州本、毛鈔、錢鈔注「本」字作「夲」。段校同。

[一〇〇] 明州本、錢鈔注「篋」字作「篋」。錢振常校同。

[一〇一] 明州本、錢鈔注「罜」字作「罜」。錢振常校同。誤。潭州本、金州本、毛鈔作「罜」。

[一〇二] 方校：「案：『崩』譌『崩』，據《説文》正。《字鑑》謂《説文》『崩』作『崩』。」按：明州本、毛鈔、錢鈔注「崩」字正作「崩」。陳校、龐校、錢氏父子校同。馬校：「『崩』，局作『崩』。」

[一〇三] 明州本、毛鈔、錢鈔注「煉」字作「煉」。錢振常校同。與《類篇》合。

[一〇四] 明州本、錢鈔注「瘯」字作「瘯」。錢振常校同。

[一〇五] 方校：「案：『睩』譌从目，據《玉篇》正。又《玉篇》謂睩聽似蜥蜴，與本書『蝝』注同。」按：明州本、潭州本、金州本、毛鈔、錢鈔「睩」字正作「睩」。陳校、錢氏父子校同。馬校：「『睩』，局从目，誤。」

[一〇六] 方校：「案：『蜥』譌『蜥』，『閒』譌『聞』，據《類篇》正。《篇》、《韻》引《字林》『閒』作『上』。」按：明州本、毛鈔、錢鈔注上「聞」字正作「閒」。陳校、龐校、錢氏父子校同。馬校：「『閒』，局誤『聞』。」毛鈔「蜥」字中「扌」旁白塗未補。陸校「蜥」字作「蜥」。丁校據《類篇》「聞」字作「閒」。

[一〇七] 汪校：「『𧿹』當作『𧿹』，此孫休造己名第三子者，則已收上聲《蕩韻》，此字無讀如禄者，應删。」丁校：「《三國志·吴王孫休傳》第三字名𧿹，音莽，與此形聲俱異。」方校：「案：《吴志·孫休傳》第三子名『𧿹』，音莽。此及《類篇》作『𧿹』，《廣韻》作『𧿹』，竝音禄，形聲俱異。陳頌南侍御云：『𧿹當作𧿹，音莽，前上聲《蕩韻》已收，此字無讀如禄者，應删。』」

[一〇八] 明州本、潭州本、金州本、毛鈔、錢鈔注「林」字作「休」。陳校、顧校、陸校、龐校、錢校同。馬校：「『休』，局誤『林』。」

[一〇九] 明州本、毛鈔、錢鈔注「祭」字作「祭」。余校、錢校同。

[一一〇] 明州本、毛鈔、錢鈔「角」字作「角」，段校同。潭州本、金州本作「角」，不成字。馬校：「案：《周禮·大司樂》：『黄鐘爲角。』鄭注：『古音鹿。』是『角』有鹿音也。角里今俗作『角』。」

[一一一] 方校：案：「『軌』當作『軌』。《廣雅·釋器上》原文云：『維車謂之厤鹿，道軌謂之鹿車。』與此引文異。王氏云：『《方言》作䡾轆，與厤鹿同。』」按：明州本、潭州本、金州本、毛鈔、錢鈔注「軌」字正作「軌」。龐校、錢氏父子校同

[一一二] 方校：「案：『禄褫』譌从示，據《類篇》正。」按：明州本、潭州本、金州本、毛鈔、錢鈔「禄」字正作「禄」。陸校、錢校同。馬校：「『禄』，『褫』俱誤从示。」又明州本、毛鈔注「褫」字正作「褫」。顧校、陸校、錢振常校同。

[一一三] 陳校：「『比』作『似』。」方校：「案：二徐本、《類篇》『比』皆作『似』。段氏據此改。」

[一一四] 明州本、潭州本、金州本、毛鈔、錢鈔注「上」字作「匕」。陳校、顧校、陸校、龐校、錢氏父子校同。馬校：「『匕』，局誤作『上』。」丁校據《説文》「上」作「匕」。方校：「案：『匕』譌『上』。據宋本及《説文》正。」

[一一五] 丁校據《廣雅》作「𩢱」。「䴕」，《廣韻》作「鹿」，《韻會》作「轆」。方校：「案：《廣雅·釋嘼》作『𩢱鹿』。《類篇》『𩢱』字不誤。『䴕』與此同。《御覽》八百九十三引『𩢱』作『娥』，《韻會》引『䴕』作『轆』，皆非。」按：明州本、毛鈔、錢鈔注上「䴕」字正作「𩢱」。段校、錢校同。馬校：「『𩢱』，局誤『䴕』。」

[一一六] 陳校：「『蝨』見上。按：蟲甲當从虫，不从皿。」方校：「案：『蝨』字重出，當必有誤。《類篇·皿部》、《虫部》竝收。《虫部》訓與此同，未知何故入《虫部》，豈字當作『蝨』耶？」

[一一七] 陳校：「『閞』，《類篇》作『閑』。」按：明州本、毛鈔、錢鈔注「閞」字正作「閑」。余校、龐校、錢氏父子校同。

[一一八] 明州本、毛鈔、錢鈔注「㮳」字作「㯟」。龐校、錢氏父子校同。

［一一九］方校：「案：正文『聽』，注文『睩』竝譌从目。據《類篇》正。」按：明州本、潭州本、金州本、毛鈔、錢鈔「聽」字正作「聽」。余校、韓校、陳校、顧校、龐校、錢氏父子校同。又，明州本、毛鈔、錢鈔注「睩」字正作「䎼」。余校、陳校、顧校、陸校、龐校、錢氏父子校同。

［一二〇］方校：「案：《類篇》『柹』作『柨』。」

［一二一］方校：「案：『祐』，大徐作『祜』，小徐作『備』，《韻會》及段氏从小徐。《玉篇》、《類篇》與此同。」

［一二二］明州本、毛鈔、錢鈔注「六」字作「八」。錢氏父子校同。馬校：「『八』，局作『六』，誤。」

［一二三］明州本、毛鈔、錢鈔从「复」之字多作「夏」。錢振常校：「『复』并作『夏』。」

［一二四］明州本、毛鈔、錢鈔注「褚」字作「褚」。陳校、陸校、錢振常校同。馬校：「『褚』，局誤从示。」

［一二五］陳校：「又見『蝙』字上注。」方校：「案：《廣韻》引《説文》『服』作『伏』。《爾雅·釋蟲》、《説文·虫部》竝與此同。」

［一二六］明州本、潭州本、金州本、錢鈔注「縛」字作「縛」。毛鈔白塗未補。按：《説文》作「縛」。

［一二七］明州本、錢鈔注「𣪊」字作「𣪊」。龐校同。按：「𣪊」當作「𣪊」，異體作「𣪊」。

［一二八］方校：「案：《説文》『复』下从夊，不从夂，凡从『复』者放此。古文『夏』亦从夊，不作『𡕥』。《類篇》作『㝔』，亦誤。」

［一二九］丁校據《説文》「由」作「甴」。方校：「案：『甴』譌『由』，據二徐本正。」按：潭州本、金州本、毛鈔注「由」字作「甴」。陳校、顧校、陸校同。馬校：「『甴』，局誤『由』。」

［一三〇］方校：「案：『寸』譌『十』，據《爾雅·釋魚》正。」按：明州本、潭州本、金州本、毛鈔、錢鈔注「十」字正作「寸」。顧校、陸校、龐校、錢氏父子校同。馬校：「『寸』，局誤『十』。」

［一三一］明州本、潭州本、金州本、錢鈔注「縛」字作「縛」。龐校、錢校同。按：諸本皆誤。據《説文》當作「縛」。

［一三二］方校：「案：『庚』譌『庚』，據二徐本正。」按：明州本、潭州本、金州本、毛鈔、錢鈔注「庚」字正作「庚」。陳校、龐校、錢氏父子校同。馬校：「『庚』，局誤『庚』，下房六切作『庚』。」

［一三三］明州本、錢鈔注「烏」字作「烏」。龐校、錢氏父子校同。誤。潭州本、金州本、毛鈔注作「烏」，與《類篇》同。

［一三四］某氏校：「『副』注『剖』，《類篇》作『割』，按：『剖』字勝。」

［一三五］明州本、錢鈔注「伺」字作「司」。錢氏父子校同。

［一三六］方校：「案：『㞋』譌『𠬝』，據《説文》正。《説文》篆作『[illegible]』。」按：明州本、潭州本、金州本、錢鈔「𠬝」字作「㞋」。段校、龐校、錢氏父子校同。馬校：「『㞋』，局作『𠬝』，不成字。」

［一三七］丁校據《説文》「騑」作「騎」。方校：「段氏云：『騑毛刻作騎，誤。《馬部》騑，驂也，旁馬也。古者夾轅曰服馬，其旁曰驂馬，舉右以晐左也。』珪案：許意舉車右之驂以明在中之服，非以驂訓服也。《國策·衛策》『拊驂而荅服』，《楚詞·謬諫》『服罷牛而驂驥』，皆謂中與外，輕重失宜耳。」

［一三八］明州本、毛鈔注「𠬝」字作「㞋」。余校、顧校、錢校同。

［一三九］方校：「案：宋本《方言》三『瘦』作『瘦』。」按：宋本《方言》作「瘦」。

［一四〇］明州本、潭州本、金州本、毛鈔、錢鈔注「復也」下有「或」字。陳校、錢振常校同。

［一四一］明州本、錢鈔注「髟」字作「髟」。顧校同。毛鈔白塗未補。

［一四二］明州本、錢鈔注「篋」字作「篋」。錢振常校同。誤。

［一四三］余校「盛」字作「藏」。韓校同。

［一四四］明州本、潭州本、金州本、錢鈔注「縛」字作「縛」。龐校、錢氏父子校同。毛鈔白塗未補。按：當作「縛」。參見本韻注〔一二六〕〔一三一〕。

［一四五］明州本、錢鈔注「或」字作「一」。錢振常校同。

［一四六］明州本注「蛸」字作「蛸」。錢振常校同。方校：「案：蝮蛸，蟬未蜕者，見王充《論衡》，此本《廣雅·釋蟲》。」

［一四七］明州本、毛鈔、錢鈔注「鵖」字作「鵖」。錢振常校同。

［一四八］陳校「犕」作「犕」。方校：「案：『犕』，今本《廣雅・釋詁四》作『復』，王氏據此訂正。」

［一四九］段校「蜰」作「蜰」。陸校同。馬校：「當作『蜰』，注同。」方校：「案：《山海經》二《西山經》只作『肥遺』，出太華山。此本《廣韻・八未》，音扶涕切。」

［一五〇］方校：「案：『囼』，二徐作『[illegible]』，《類篇》譌『囼』。」按：明州本、毛鈔、錢鈔「囼」字作「[illegible]」，注同。韓校、龐校、錢振常校同。

［一五一］方校：「案：古文『睦』作『[illegible]』，隸當作『畓』，《類篇》亦誤。」按：明州本、毛鈔、錢鈔「畓」字作「畓」。顧校、龐校、錢振常校同。馬校：「『局』作『畓』，注同。」

［一五二］方校：「案：『𡈹』當从《説文》作『𡈹』。」

［一五三］方校：「案：『穋』譌『穋』，據《説文》改。『敹』當作『敹』。『美』當作『美』。據《類篇》正。」

［一五四］方校：「案：『嘿屎』，《類篇》同，《方言》十作『嘿屎』。」

［一五五］陳校作「聿」。丁校據《説文》作「聿」。方校：「案：『聿』譌『聿』，『肅』譌『肅』，據《説文》、《類篇》正。」

［一五六］方校：「案：『殈』譌『殈』，『徆』譌『徆』，據二徐本正，注文不誤。」按：明州本、潭州本、金州本、毛鈔、錢鈔「徆」字正作「徆」。余校、陳校、馬校、龐校、錢氏父子校同。

［一五七］方校：「案：《説文》『宿』作『宿』。」

［一五八］方校：「案：『濕』當作『溼』，下初六切『滀』注亦誤，竝據《類篇》正。」

［一五九］方校：「案：『攴』譌『文』，據《類篇》正。」按：明州本、毛鈔、錢鈔注「文」字作「攵」。顧校、龐校、錢振常校同。

［一六〇］明州本、潭州本、金州本、毛鈔、錢鈔「玉」字作「王」。陳校、陸校、龐校、錢氏父子校同。馬校：「宋本『王』點在二畫之上，局作『玉』，點在二畫之下。」

［一六一］按：《廣雅》見《釋器》，王氏疏證：「《集韻》、《類篇》竝引《廣雅》『礵，礪也』。今本脱『礵』字。」

［一六二］明州本、毛鈔、錢鈔「鵴」字作「鵴」。顧校、陸校、龐校、錢氏父子校同。馬校：「『鵴』，局作『鵴』，注同。」

［一六三］明州本、毛鈔、錢鈔注「寥」字作「窔」。韓校、陳校、顧校、錢氏父子校同。

［一六四］顧校：「『脂』當作『腊』。」丁校：「《玉篇》『鮀』作『鮐』。《廣韻》『脂』作『腊』。」方校：「案：『腊』譌『脂』，據《廣韻》、《類篇》正。」按：明州本、錢鈔注「脂」字正作「腊」。龐校、錢氏父子校同。

［一六五］明州本、毛鈔、錢鈔「竜」字作「竜」，注同。韓校、陳校、馬校、龐校、錢氏父子校同。又明州本、潭州本、金州本、毛鈔、錢鈔注「夫」字作「先」。余校、韓校、陳校、錢氏父子校同。馬校：「注『先竜』局作『夫竜』，俱不成字。『其行夫先』當作『其行先先』，見王氏《爾雅述聞》。」方校：「案：『竜』譌『竜』，注同。又注『先竜』譌『夫竜』，『先先』譌『夫先』，竝據宋本及大徐本正。」

［一六六］方校：「案：『歀』譌『歀』，據《類篇》正。」按：明州本、潭州本、金州本、毛鈔、錢鈔注「歀」字正作「歀」。陳校、陸校、錢氏父子校同。

［一六七］陳校：「『女』，《説文》作『嫗』。」方校：「案：『嫗』譌『女』，《類篇》同，據二徐本正。」

［一六八］明州本、潭州本、金州本、毛鈔、錢鈔注「筁」字作「筁」。汪校、陳校、陸校、龐校、錢振常校同。按：據《廣雅・釋器》當作「筁」。

［一六九］明州本、毛鈔、錢鈔「蹴」字作「蹙」，「戚」字作「戚」。余校、顧校、龐校、錢校同。方校：「案：當从宋本作『蹙』、『戚』。」

［一七〇］方校：「案：『歀』譌从鳥，據大徐本正。」按：潭州本、金州本、毛鈔注「歀」字正作「歀」。陳校同。馬校：「『歀』，局作『歀』，下就六切作『歀』。」

［一七一］方校：「案：『啓』譌从足，據《方言》十一正。」

［一七二］明州本、毛鈔、錢鈔注「从蹙」作「作噈」。馬校：「局本『或从蹙』，與宋本異。」

［一七三］陳校：「『縬』，《玉篇》作『纏』。」

［一七四］陳校：「『裓』，《玉篇》作『襨』。」錢校同。

〔一七五〕按：《廣雅・釋器》：「籩謂之笡。」曹籩音才六反。笡音七夜反。《玉篇》：籩，子六切；笡，七夜切。《廣韻・四十禡》有「笡」，遷謝切。疑此「籩」从且，「旦」亦作「且」。明州本、錢鈔注「旦」字作「且」。錢校同。

〔一七六〕方校：「案：『蚇』，《廣雅・釋蟲》作『尺』。王氏云：『蚇與尺同。』」

〔一七七〕明州本、錢鈔「勦」字作「剿」。龐校、錢振常校同。陳校：「『勦』當从刀。」馬校：「此字紕繆極甚。《書》釋文『剿』，子六反。馬本作『剿』，其字从刀不从力。『勦』訓勞，見《肴》、《小》韻。絶然二字。《五經文字》曰：『勦見《夏書》。』則張參已收入《力部》。丁所據《説文》尚在開寶前，故《三十小》分別甚明。此从《五經文字》誤收《一屋》，又易『絕』爲『截』，誤矣。《廣韻》此不收『勦』字，知孫愐未及改纂。」

〔一七八〕方校：「案：王本《釋詁一》據《方言》、《篇》、《韻》改『䀹』。」

〔一七九〕明州本「竃」字作「竈」。龐校、錢氏父子校同。

〔一八〇〕明州本、毛鈔、錢鈔「㓝」字作「𠛬」，注同。韓校、馬校、龐校、錢氏父子校同。

〔一八一〕明州本、潭州本、金州本、毛鈔、錢鈔「笷」字作「𥫗」，注同。韓校、陳校、顧校、龐校、錢氏父子校同。

〔一八二〕余校「芧」作「芛」。

〔一八三〕方校：「案：前訓見《廣雅・釋詁一》，後訓未見。曹憲音釋透音叔，世人以此爲跳透字，他候反，未是。」

〔一八四〕方校：「案：『倏』譌『倏』，據二徐本《犬部》正。」按：毛鈔「倏」字正作「倏」。陳校、顧校、錢氏父子校同。明州本、錢鈔作「倏」，「倏」之誤。

〔一八五〕陳校从「黑」不从「魚」。丁校據《説文》「儵」字作「儵」。方校：「案：『儵』譌『儵』，據《説文》及《爾雅・釋訓》正。」按：明州本、潭州本、金州本、毛鈔、錢鈔「儵」字正作「儵」。龐校、錢氏父子校同。

〔一八六〕方校：「案：注『黑也』見《廣雅・釋器下》，《類篇》『也』作『色』。」

〔一八七〕方校：「案：『旱』譌『旱』，據《玉篇》、《類篇》正。《玉篇》：『徒的切，旱氣也。』引《詩》：『旱既太盛，滌滌山川。』」按：明州本、毛鈔、錢鈔注「旱」字作「旱」。余校、陸校、龐校、錢氏父子校同。陳校：「从日干。」吕校：「宜作『旱』。」

〔一八八〕方校：「案：『申』譌『中』，據《廣韻》、《類篇》正。」按：曹本作「中」，顧氏重修本已改。

〔一八九〕方校：「案：『始』譌『姓』，據二徐本正。」按：明州本、毛鈔、錢鈔注「姓」字作「始」。陳校、龐校、錢振常校同。

〔一九〇〕明州本、錢鈔注「止」字作「且」。錢振常校同。誤。潭州本、金州本、毛鈔作「止」。

〔一九一〕方校：「案：『祭』譌『祭』，『贊』譌『賛』，竝據二徐本正。」

〔一九二〕方校：「案：『鬻』當作『鬻』，『粥』旁象气之形，非『弓』字也。注當云『或作粥』。『鬻』亦書作『鬻』。」錢校：「三字俱从『弜』，凡从『弜』之字均如此作。」按：明州本、毛鈔、錢鈔注「粥」字在「或作」下。錢氏父子校同。又明州本、錢鈔注「鬻」字作「鬻」。錢氏父子校同。馬校：「局刻『粥』誤移『鬻』之上，『鬻』又誤『鬻』。」

〔一九三〕方校：「案：『䬕』譌『執』，據《説文》正。注『孰』，大徐作『䬕』，小徐作『孰』。《易・鼎卦》本作『亯飪』，叔重所據如此。」按：毛鈔「執」字作「䬕」。陳校、龐校、錢氏父子校同。

〔一九四〕明州本、潭州本、金州本、毛鈔、錢鈔「瑁」字作「瑁」。段校、韓校、陳校、龐校、錢氏父子校同。馬校：「局作『瑁』，不成字。」方校：「案：『瑁』譌『瑁』，據宋本及二徐本正。」

〔一九五〕方校：「案：『堨』譌『堨』，注『䍐』譌『罵』。據《説文》正。」按：毛鈔「堨」字作「堨」。龐校、莫校、錢氏父子校同。馬校：「『堨』，局作『堨』，注同。」又毛鈔注「罵」字作「䍐」。陳校、陸校、龐校、錢氏父子校同。

〔一九六〕方校：「案：『䄀』譌『䄀』。注『久年』譌『夂也』，據《玉篇》正。《類篇》『久年』上有『祈』字。」按：明州本、毛鈔、錢鈔「䄀」字作「䄀」。余校、馬校、龐校、莫校、錢氏父子校同。又明州本、毛鈔、錢鈔注「夂」字作「久」。余校、段校、陳校、馬校、龐校、錢氏父子校同。

〔一九七〕方校：「案：『宊』譌『宊』，據《廣韻》正。」按：明州本、毛鈔、錢鈔注「宊」字作「宊」。陳校、顧校、馬校、龐校、莫校、錢氏父子校同。

〔一九八〕段校「鰄」作「鰄」。馬校：「『鰄』當作『鰄』，宋本亦誤。《廣韻》作『鰄』。然『鰄』不應入《屋韻》。」丁校據《廣韻》

「鰤」作「鰤」。方校：「案：『鰤』譌『鰤』，《類篇》同。據《廣韻》正。」

[一九九] 明州本、毛鈔、錢鈔「朒」字作「朒」。錢振常校同。又明州本、毛鈔、錢鈔注「朔」字作「朔」。陳校、龐校、錢氏父子校同。潭州本、金州本注作「朔」。陳校：「『朒』，又見女六切，作『朒』同。」方校：「案：二徐本『朒』譌『朒』，當據《玉篇》訂，此作『朒』，亦俗。注『朔』譌『朔』，據宋本及《類篇》正。」

[二〇〇] 方校：「案：『紝』當从《類篇》改『紝』。《韻會》作『紝』，同。」

[二〇一] 方校：「案：『茜』，《韻會》从竹作『箵』。今據正。」按：明州本、金州本、毛鈔、錢鈔注「茜」字正作「箵」。馬校、龐校、錢氏父子校同。

[二〇二] 明州本、潭州本、金州本、毛鈔、錢鈔注「窜」字作「窜」。

[二〇三] 方校：「案：『摗』譌『摟』，據《類篇》正。下『謏』譌『謏』，據《禮・祭統》正。」

[二〇四] 明州本、毛鈔注「謏」字作「謏」。

[二〇五] 方校：「案：『趍』譌『趍』，《廣韻》同。下『唆』譌『唆』。竝據《類篇》正。」按：明州本、毛鈔、錢鈔「趍」字正作「趍」。龐校、錢氏父子校同。

[二〇六] 方校：「案：『槒』譌『槒』，注『阜』譌『皂』，據《廣雅・釋器上》正。」按：明州本、潭州本、金州本、毛鈔、錢鈔「槒」字作「槒」。龐校同。呂校：「脱、。」

[二〇七] 明州本、潭州本、金州本、毛鈔、錢鈔「唆」字作「唆」。馬校、龐校、莫校、錢氏父子校同。

[二〇八] 方校：「案：『長』譌『行』，《類篇》同，據《廣韻》正。」

[二〇九] 方校：「案：『㒺』出《字統》，《廣韻》以『網』爲正體，注云：『衆也。或作㒺。』此注『㒺』係『網』字之譌，今正。」按：明州本、潭州本、金州本、毛鈔注「㒺」字正作「網」。陳校、馬校、龐校、莫校、錢振常校同。

[二一〇] 陳校从「祝」。方校：「案：『㮆』譌『㮆』，據《篇》、《韻》正。」按：明州本、潭州本、金州本、毛鈔、錢鈔「㮆」字正作「㮆」。龐校、錢氏父子校同。馬校：「局作『㮆』。」

[二一一] 丁校：「《說文》作『下』。」方校：「案：『下』譌『不』，據二徐本正。」按：明州本、潭州本、金州本、毛鈔、錢鈔注「不」字正作「下」。余校、陳校、龐校、錢氏父子校同。

[二一二] 方校：「案：『筑』譌『筑』，注『巩』譌『𢀜』，據二徐本正。《廣韻》引《說文》『曲』作『爲』。《文選・吴都賦》李注『以竹曲』作『似箏』。《玉篇》引與此同。」按：明州本、毛鈔、錢鈔「筑」作「筑」。余校、段校、陳校、錢氏父子校同。又明州本、潭州本、金州本、毛鈔、錢鈔注「𢀜𢀜」作「巩巩」。段校、龐校、錢校同。馬校：「局誤『𢀜』，从土，注同。凡从『巩』之字，或省作『巩』，非也。」

[二一三] 方校：「案：『築』當作『築』。『簹』，《說文》大徐作『簹』，小徐作『簹』，今从小徐。又『篓』、『箅』、『篥』譌『篓』、『箅』、『篥』，竝據《韻會》正。」按：明州本、毛鈔「篓」字作「篓」。

[二一四] 明州本、毛鈔、錢鈔「築」字作「築」。龐校、錢振常校同。

[二一五] 方校：「案：『从』譌『以』，據《類篇》正。」按：明州本、潭州本、金州本、毛鈔、錢鈔注「以」字作「从」。余校、顧校、陸校、馬校、龐校、錢氏父子校同。

[二一六] 明州本、毛鈔、錢鈔「蓄」字作「蓄」。韓校、顧校、龐校、錢氏父子校同。馬校：「局作『蓄』，注同。下許之切同。」

[二一七] 方校：「案：『苗』譌『苗』，據《爾雅・釋艸》音義正。」按：明州本、毛鈔、錢鈔「苗」字正作「苗」。陳校、龐校同。馬校：「从由，宋不誤，下許六切同。」

[二一八] 陳校：「『儥』，《類篇》作『儥』」。按：明州本、金州本、毛鈔、錢鈔注「儥」字作「儥」。龐校、錢氏父子校同。

[二一九] 方校：「案：『𢼅』譌『叔』，據《類篇》及本文正。」按：明州本、潭州本、金州本、毛鈔、錢鈔注「叔」字正作「𢼅」。龐校同。

[二二〇] 方校：「案：『似』譌『以』，據《類篇》及《齊民要術》正。」按：明州本、毛鈔、錢鈔注「以」字正作「似」。陳校、顧校、陸校、丁校、龐校、莫校、錢氏父子校同。馬校：「局脱『人』旁。」

[二二一] 陳校：「从心不从巾，見《說文》。」方校：「案：『㥑』譌从巾，據《廣韻》正。」按：明州本、毛鈔、錢鈔「幅」字正作

「惛」。段校、龐校、錢氏父子校同。馬校：「『幡』當作『惛』，《廣韻》不誤。《詩·邶風·谷風》：『我有旨惛。』惛，起也。下許六切不誤。」

[二二二] 明州本、毛鈔、錢鈔注「媢」字作「姓」。龐校、錢校同。誤。潭州本、金州本作「媢」。與《說文》同。

[二二三] 方校：「案：『追』譌『迫』，據二徐本正。」按：明州本、潭州本、金州本、毛鈔、錢鈔注「迫」字正作「追」。余校、韓校、陳校、龐校、錢氏父子校同。

[二二四] 方校：「案：《方言》十二：『築娌，匹也。』此本郭注，惟郭注作『築里』，兩字竝異。《廣雅·釋親》與此同。」

[二二五] 明州本、錢鈔注「織」字作「文」。龐校、錢氏父子校同。

[二二六] 方校：「案：『蕩』譌『蕩』，據《爾雅·釋艸》正。蕩，他羊切。」按：明州本、毛鈔、錢鈔注「蕩」字作「蕩」。龐校、錢氏父子校同。潭州本、金州本注作「蕩」。

[二二七] 丁校據《爾雅》作「鱀」。吕校：「《爾雅》作『鱀』，作『鮹』。」方校：「案：『雅』譌『睢』，據《類篇》正。《爾雅·釋魚》『暨』作『鱀』。釋文：『《字林》作鱀。』郭注『鱮』作『鮹』。居六、巨六二反。此竝譌。」按：明州本、毛鈔、錢鈔注「睢」字正作「雅」。龐校、錢氏父子校同。

[二二八] 方校：「案：『燕』譌『鄙』，據《方言》十一正。」

[二二九] 陳校：「『宍』作『光』。」吕校：「宜作『光』。」方校：「案：《說文》作『光』、『蟲』。上从中不从山。《類篇》作『宍』、『蟲』，不誤。」

[二三〇] 方校：「案：『奎』从土，光聲，中不从八。」按：明州本、金州本、毛鈔、錢鈔「奎」字正作「奎」，注同。韓校、龐校、錢氏父子校同。

[二三一] 明州本、潭州本、金州本、毛鈔、錢鈔「瘳」字作「瘳」。陳校、龐校、錢氏父子校同。與《類篇·疒部》合。

[二三二] 方校：「案：《說文》『穜』作『種』，『種』作『穜』，此二字互譌。鄭司農說見《周禮·天官·内宰》，此『曰』譌『田』，『孰』譌『熟』，今竝據正。」按：明州本、潭州本、金州本、毛鈔、錢鈔注「田」字正作「曰」。余校、段校、陳校、陸校、龐校、錢振常校同。馬校：「『曰』，局誤『田』，後『孰』誤『熟』，『孰』、『熟』古今字。」

[二三三] 方校：「案：『莤』譌『莤』，據《廣韻》正。」

[二三四] 余校「艸」作「鳥」。錢校同。

[二三五] 方校：「案：此《山海經》一《南山經》柢山魚也。郭注：『鮭亦作脅。』畢氏云：『當爲胎，《說文》鮭魚也，此假音字。』」

[二三六] 段校作「朒」。陳校：「『朒』見而六切作『朒』，一曰縮朒，不伸之皃。一曰不任事。」陸校同。馬校：「《廣韻》作『朒』，是也。宋亦誤，注同。上而六切作『朒』。」方校：「案：『朒』當从肉作『朒』，據《玉篇》引《說文》正。」

[二三七] 方校：「案：『朒』當作『朔』。」按：明州本、毛鈔、錢鈔注「朒」字正作「朔」。

[二三八] 明州本、潭州本、金州本、毛鈔、錢鈔「䎺」字作「䎻」。韓校、陳校、丁校、龐校、錢氏父子校同。方校：「案：『䎻』譌『䎺』，據宋本及注文正。」

[二三九] 方校：「案：『衄』，俗作『屻』、『衂』，皆誤。『衄』、『鼻』當改『衄』、『鼻』。」

[二四〇] 顧校「刺」改「刺」。

[二四一] 陳校：「『劉』當入力竹切，同『戮』。又：《玉篇》：『劉，削也。』亦力竹切。」

[二四二] 明州本、錢鈔从「丐」。錢校：「『弓』皆作『丐』。」陳校：「《廣韻》作『畜』，訓生田，从田。」

[二四三] 方校：「案：《玉篇》『生』上有『養』字。《類篇》『生』下有『育』字。《廣韻》作『畜』，訓生田。今从《類篇》。」

[二四四] 段校「矐」作「睢」。陸校同。丁校據《廣雅》「矐」作「睢」，又據《廣韻》「垐」作「望」。方校：「案：『睢』譌『矐』，『望』譌『垐』，據《廣雅·釋詁一》正。」按：明州本、潭州本、金州本、毛鈔、錢鈔注「垐」字正作「望」。段校、陳校、龐校、錢氏父子校同。馬校：「『矐』當作『睢』。『望』，局作『垐』，不成字。」

[二四五] 方校：「案：『日』譌『目』，據二徐本正。《玉篇》及《衆經音義》作『日明』，段氏从之。」按：明州本、潭州本、金州本、毛鈔、錢鈔注「目」字作「日」。余校、段校、汪校、陳校、陸校、馬校、龐校、錢振常校同。

［二四六］方校：「案：『鬻』譌『鬻』，據《類篇》及本文正。」按：明州本、潭州本、金州本、毛鈔、錢鈔注「鬻」字正作「鬻」。龐校、錢氏父子校同。

［二四七］明州本、毛鈔、錢鈔注「又」字上有「鬻」字。段校、陸校、龐校、錢氏父子校同。馬校：「局奪『鬻』字。」

［二四八］方校：「案：『竇』譌『竇』，據《說文》正。『衙』，《類篇》同，《說文》作『衙』。」按：明州本、錢鈔「竇」字作「竇」。余校、顧校、龐校、莫校、錢振常校同。馬校：「局作『竇』，正當作『竇』。」毛鈔「竇」字中「罒」白塗未補。

［二四九］明州本、毛鈔、錢鈔注「染」字作「染」。錢振常校同。

［二五〇］顧校「萑」字作「萑」。方校：「案：『萑』譌『萑』，據《說文》正。」莫校同。

［二五一］方校：「案：此左思《吴都賦》中語，非張衡也，當正。」

［二五二］方校：「案：『弅』當从《說文》作『弅』。」按：明州本、毛鈔、錢鈔「弅」字作「弅」。段校、馬校、龐校、錢校同。下居六切有此字，正作「弅」。

［二五三］余校「弜」作「弜」。按：明州本、毛鈔、錢鈔注「弜」字作「弜」。顧校、龐校同。

［二五四］方校：「案：『汅』當从二徐本作『汅』。」余校、陳校、龐校、錢氏父子校同。馬校：「『汅』，局作『汅』，俗。」按：「汅」爲另一字，非「汅」之俗字。馬校未當。

［二五五］段校作「儥」。方校：「案：《說文》『儥』作『儥』，『賣』作『賣』，隸省作『儥』、『賣』，此从横目，非也。」

［二五六］明州本、錢鈔注「乙」字作「九」。錢校同。誤。潭州本、金州本、毛鈔作「乙」。與《尚書》合。

［二五七］方校：「案：《庚桑楚》釋文：『脩，始六反，又音育。』」

［二五八］潭州本、金州本、毛鈔注「辥」字作「辥」。余校、陳校、顧校、陸校、龐校、錢振常校同。馬校：「局作『辥』，俗。」按：局不作「辥」，从合辛，馬氏誤。方校：「『辭』譌『辥』，據《玉篇》、《類篇》正。宋本作『辥』，亦俗。」明州本、錢鈔注作「辥」，亦誤。

［二五九］丁校據《類篇》作「幔」。方校：「案：『幔』譌『慢』，據《類篇》正。《類篇》『椼』作『椼』，亦誤。」按：毛鈔注「慢」字正作「幔」。余校、陳校、顧校、陸校、錢校同。馬校：「『幔』，局誤『慢』。」

［二六〇］馬校：「此仍《切韻》舊音也。古『有』、『或』同聲，故《詩》『九有』，《韓詩》作『九域』。《靈臺》『囿』與『伏』韻，傳曰：『囿者，所以域養禽獸也。』以域解囿，亦取同聲。」

［二六一］明州本、錢鈔「蓄」字作「蓄」。顧校、龐校、錢氏父子校同。

［二六二］方校：「案：『苖』譌『苖』，據《說文》、《廣韻》正。」按：明州本、潭州本、金州本、毛鈔、錢鈔「苖」字正作「苖」，注同。陳校、龐校同。

［二六三］明州本、金州本、毛鈔、錢鈔「蓄」字作「蓄」。陳校、顧校、馬校、龐校、錢氏父子校同。

［二六四］方校：「案：『禾』譌『木』，據《類篇》及本文正。」按：明州本、潭州本、金州本、毛鈔、錢鈔注「木」字正作「禾」。龐校、錢氏父子校同。

［二六五］馬校：「案：『勖』切許玉，即釋文之凶玉也。古音『茂』。《廣韻》無『勖』字。」

［二六六］毛鈔「儥」字作「儥」。顧校、龐校、莫校、錢校同。明州本、潭州本、金州本、錢鈔作「儥」。

［二六七］方校：「案：『籟』，《說文·米部》作『籟』。『麥』上从來，下从夊，此从夾、从夂，誤。」按：明州本、潭州本、金州本、毛鈔、錢鈔「麥」字作「麥」，注同。

［二六八］潭州本、金州本、毛鈔注「賫」字作「賫」。段校、陳校、龐校、錢校同。方校：「案：『賫』譌『賫』，據宋本及《類篇》正。」馬校：「局作『賫』，不成字。」

［二六九］方校：「案：王本《廣雅·釋訓》作『匑匑』，上音丘六反，下音丘弓反。謂各本『匑』譌『匑』，不成字體。此『匑』亦『匑』字之譌，據《玉篇》訂正。」按：明州本、潭州本、金州本、毛鈔、錢鈔注「匑」字作「匑」。陳校、顧校、龐校、錢氏父子校同。馬校：「局作『匑』，不成字。」

［二七〇］陳校：「《博雅》無此字。」方校：「案：今本《釋蟲》奪，王氏據此補録。『蛩』作『蜿』。」

［二七一］明州本、錢鈔注「鱄」字作「鱄」。龐校、錢校同。與《類篇·魚部》合。

[二七二] 方校：「案：『趍』譌『趍』，據《廣韻》、《類篇》正。後同。」按：明州本注「趍」字正作「趍」。龐校、錢氏父子校同。錢鈔作「趍」，不成字。

[二七三] 明州本、錢鈔注「竈」字作「竈」。錢校同。余校作「竈」。

[二七四] 方校：「案：『欶』譌『欶』，據《説文・辛部》正」。

[二七五] 明州本、錢鈔注「于」字作「予」。龐校、錢校同。

[二七六] 方校：「案：『窾』、『窾』譌『竊』、『竊』，據二徐本正。注『穴』當作『穴』，『欶』當作『欶』。」按：明州本、潭州本、金州本、毛鈔、錢鈔注「穴」字正作「穴」，「欶」字正作「欶」。龐校、錢振常校同。

[二七七] 方校：「案：『釬』譌从千，據《廣雅・釋器下》正。」按：明州本、毛鈔、錢鈔注「釬」字正作「釬」。陳校同。

[二七八] 明州本、潭州本、金州本、毛鈔、錢鈔注「六」字作「大」。余校、段校、汪校、陳校、陸校、龐校、錢氏父子校同。方校：「案：『大』譌『六』，據宋本及二徐本正。」

[二七九] 毛鈔注「蘧」字作「籧」。馬校：「『蘧』从艹，宋从竹，誤。局作『蘧』。」按：明州本作「蘧」，不誤。潭州本、金州本、錢鈔作「蘧」，少一筆。

[二八〇] 陳校：「『蓺』當作『蓺』。」錢校同。

[二八一] 方校：「案：『藾』譌『藾』，『蓺』譌『蓺』，注又譌『敎』，據《説文》正。『似』，《廣韻》、《類篇》同，段氏从小徐本及《韻會》作『以』。」按：毛鈔「蓺」字作「蓺」。龐校、錢校同。又毛鈔注「敎」字作「蓺」。陳校、顧校、陸校、龐校、錢氏父子校同。馬校：「局刻大字作『蓺』，小字作『敎』，均不成字。」又明州本、錢鈔注「日」字作「曰」。錢振常校同。誤。潭州本、金州本、毛鈔作「日」。與《説文》合。

[二八二] 馬校：「案：《爾雅》釋文云：《詩》『芮鞫』，《韓詩》作『芮阬』，《字林》作『埂』。鄭注《周禮・職方氏》亦作『埂』。《漢書・地理志》芮阬，雍州川也。顔注云：『阬，讀與鞫同。』然則『阬』、『埂』皆即《毛詩》之『鞫』字。《集韻》又收《灰韻》，謂『隁』即『阬』，大誤。《廣韻》阬，水名。別一義。」

[二八三] 方校：「案：『髮』譌『髲』，據《廣韻》及《類篇》正。」按：明州本、毛鈔、錢鈔注「髲」字正作「髮」。段校、陳校、陸校、龐校、錢校同。馬校：「『髮』，局作『髲』，誤。」

[二八四] 方校：「案：《説文》『鶵』篆作『鶵』，注『鶵』，大徐本及《類篇》同，小徐本與篆文合。又『秸』，二徐本竝譌『桔』，段氏依此及《廣韻》、《韻會》正。」

[二八五] 方校：「案：《説文》『舄』从臼，重文『雒』亦當从《類篇》作『雒』。」按：潭州本、金州本「舄」字作「舄」。顧校同。陳校从臼。

[二八六] 明州本、毛鈔、錢鈔「棶」字作「棶」。錢校同。馬校：「『棶』，局作『棶』，少點。」

[二八七] 明州本、毛鈔、錢鈔「呴」、「垢」二字併注在本小韻之末。陸校、馬校、方校、龐校、錢振常同。段校：「宋移後。」

[二八八] 方校：「案：『淨』譌『浄』，據《類篇》正。」按：明州本、毛鈔、錢鈔注「浄」字正作「淨」。龐校同。

[二八九] 按：明州本、毛鈔、錢鈔「爪」字作「爪」。段校、韓校、馬校、龐校、錢校同。又明州本、潭州本、金州本、毛鈔、錢鈔注「扻」字作「抙」。陳校：「『爪』，《類篇》作『爪』。又見《燭韻》居玉切。按：『爪』从反爪，與《齊韻》止西切亦同。」

[二九〇] 方校：案：「『爪』，《類篇》作『爪』。宋本作『爪』，今从《類篇》。『扻』當从宋本作『抙』。」按：《類篇》與明州本同。方校：「案：『騶』譌『騶』。今正。」按：明州本、金州本、毛鈔、錢鈔「騶」字正作「騶」。陳校、顧校、龐校同。余校从革。

[二九一] 明州本、毛鈔、錢鈔「鞠」字併注在「篼」下「恟」上。韓校、陸校、馬校、龐校、錢振常校同。段校：「宋移前。」方校：「案：宋本『鞠』在『篼』下『呴』上。『鞠』，小徐本作『掬』，从手，鞠省聲，《韻會》同。大徐本、《類篇》與此同。」按：明州本、毛鈔、錢鈔「呴」、「垢」兩字移至本小韻末，故在「恟」上，方云在「呴」上，乃就局本而言。

[二九二] 明州本、毛鈔、錢鈔「騶」字作「騶」。陳校、顧校、龐校同。

[二九三] 明州本、毛鈔、錢鈔注「胥」字作「胥」。陳校、顧校、龐校、錢校同。

[二九四] 明州本、錢鈔注「趍」字作「趍」。龐校、錢校同。

［二九五］　方校：「案：『鶹』譌『鷚』，據《類篇》正。」按：明州本、毛鈔、錢鈔「鷚」字作「鶹」。陳校、錢氏父子校同。

［二九六］　方校：「案：『拱』，《廣雅・釋詁一》曹憲無音，下『捄』，巨菊反，恐以此致譌也。『法』，《廣雅》作『灋』。」

［二九七］　呂校：「宜作『萸』。」方校：「案：《爾雅・釋木》『萸』，所留切，又所于切。字當从艸从臾，或校改『萸』，非是。」

［二九八］　陳校：「『鍼』，《廣韻》作『鍼』。」

［二九九］　方校：「案：『章』上有『文』字，據二徐本補。」

［三〇〇］　馬校：「案：《爾雅》釋厓岸：『隩，限。』『厓内爲隩，外爲隈。』《爾雅》既釋『隩』一名限，又釋『厓』以別内者爲隩，郭璞讀如是。《詩・淇奧》毛傳曰：『奧，限也。』『奧』，古『澳』字。郭从毛耳。鄭注《禮記・大學》：『澳，限厓也。』鄭與許讀皆以『限厓』連文。又《公劉》箋：『水之内曰隩，水之外曰鞫。』讀者又改《爾雅》『外爲隈』作『外爲鞫』，更失其理。『澳』與『隩』同字，故《説文》亦曰：『隩，水限厓也。』《廣韻》『澳』、『隩』同字，乃《集韻》反以『隩』爲『墺』，不可从。」

［三〇一］　馬校：「案：《玉篇・土部》曰『四方之土可居』，引《夏書》『四墺既宅』。是《禹貢》本作『墺』字，不作『隩』字。『墺』與『隩』義別，《玉篇》、《廣韻》皆分析爲二，《集韻・三十七号》亦分析爲二，此併爲一字，非古也。《説文》『埣』古文，《玉篇》『垗』、『垗』並古文，筆畫稍有異，音轉入《号韻》。」

［三〇二］　方校：「案：『㘸』譌『㘸』，據二徐本正。下『㘸』亦當改『㘸』。」按：明州本、錢鈔「㘸」字作「㘸」，注同。龐校、錢氏父子校同。

［三〇三］　明州本、潭州本、金州本、毛鈔、錢鈔注「𦣻」字作「自」。龐校同。

［三〇四］　方校：「案：『咿』譌『伊』，據《篇》、《韻》正。」

［三〇五］　《廣韻》「㘲」字作「㘲」。顧校同。馬校：「『凡』『幼』聲局作『刀』，非也。」

［三〇六］　明州本、潭州本、金州本、毛鈔、錢鈔注「蠶」字作「蠶」。龐校同。

［三〇七］　明州本、錢鈔注「脆」字作「腝」。毛鈔注作「脆」。龐校、錢校同。

［三〇八］　方校：「案：卷三《北山經》『壅』作『雍』。郭音甕。《括地志》引與此同。」

［三〇九］　陳校：「『椨』同『榔』。」

［三一〇］　方校：「案：卷五《中山經》『妬』作『妒』。」

［三一一］　明州本、錢鈔注「詠」字作「詸」。非是。潭州本、金州本、毛鈔作「詠」。

［三一二］　馬校：「此釋《堯典》『厥民奧』。今釋文字作『隩』，非。」

［三一三］　方校：「案：『中』譌『巾』。據《爾雅・釋宮》郭注正。」按：明州本、毛鈔、錢鈔注「巾」字正作「中」。陳校、錢校同。馬校：「『中』，局誤『巾』。」

［三一四］　方校：「案：『逆』譌『逆』，據《類篇》正。」按：明州本、毛鈔、錢鈔注「逆」字正作「逆」。陳校、龐校、錢氏父子校同。

［三一五］　明州本、錢鈔注「仕」字作「位」。錢校同。非。潭州本、金州本、毛鈔作「仕」。《類篇・山部》同。

［三一六］　顧校「歒」作「歒」。方校：「案：『歒』譌『歒』，據《類篇》正。」

二沃

［一］　潭州本「沃」字作「浂」，似是壞字。

［二］　陳校从𦥑。方校：「案：『礐』、『礐』譌『礐』、『礐』，據《爾雅・釋器》及《玉篇》正。」按：明州本、毛鈔、錢鈔「礐」、「礐」正作「礐」、「礐」。毛鈔「礐」中白塗未補。

［三］　明州本、毛鈔、錢鈔注「名」字作「石」。龐校、錢校同。段校：「『名』，宋本作『石』。」按：當从《爾雅・釋器》郭注作「名」。

［四］　潭州本、金州本注「瞋」字作「嗔」。誤。毛鈔注作「瞋」，不誤。明州本、錢鈔注作「膜」，大字作「𦟝」，皆誤。

[五] 明州本、錢鈔注「膜」字作「腹」。錢校同。誤。潭州本、金州本、毛鈔作「膜」。與《廣韻》同。陳校：「『膜』，《玉篇》、《類篇》並作『腤』，亦非。」

[六] 方校：「案：『徐』下二徐本有『而』字，《類篇》同，今增。」

[七] 明州本、毛鈔、錢鈔「地」字作「虵」，誤。潭州本、金州本作「地」。

[八] 方校：「案：卷七《海外西經》諸夭，畢氏改『諸』爲『渚』，并謂夭郭音妖，非，當音沃。《博物志》作『諸沃』。」

[九] 陳校：「『鳿』，《類篇》作『鴹』。」方校：「案：《類篇》『鳿』作『鴹』，注『夭』作『芺』，當據正。」按：明州本、金州本、毛鈔、錢鈔「鳿」字正作「鴹」，注「夭」字正作「芺」。錢校同。

[一〇] 明州本、毛鈔、錢鈔「𣸸」字作「𣹟」。龐校同。

[一一] 明州本、錢鈔注「練」字作「湅」。毛鈔白塗未補。按：當作「湅」。

[一二] 明州本、潭州本、金州本、毛鈔、錢鈔注空白處爲「切鳥」二字。

[一三] 顧校「皠」字作「皠」。莫校同。

[一四] 丁校據《說文》作「肥」。方校：「案：『肥』譌『胞』，據二徐《說文》正。」按：明州本、潭州本、金州本、毛鈔、錢鈔注「胞」字作「肥」。余校、段校、陳校、陸校、龐校、錢氏父子校同。馬校：「宋凡从『肥』之字俱作『巴』，時多誤鈔耳，當據改正。」

[一五] 方校：「案：『寉』譌『寉』，據《說文·卄部》正。凡『鶴』、『膗』、『擁』、『榷』、『確』、『皠』、『熽』、『犨』、『滙』、『傕』、『騅』、『睢』、『髂』、『鏵』諧聲之字偏旁从『寉』竝非。」按：明州本、潭州本、金州本、毛鈔、錢鈔「寉」字正作「寉」，注同。顧校同。龐校：「『寉』並作『寉』。」

[一六] 明州本、錢鈔注「冂」字作「曰」。誤。潭州本、金州本、毛鈔作「冂」。

[一七] 方校：「案：『礐』，《爾雅》、《釋名》皆云：『山多大石。』《說文》：『石聲。』《類篇》：『石名。』此訓『玉名』，誤。當从《類篇》。」按：明州本、錢鈔注「玉」字作「石」。陳校、龐校、錢振常校同。余校作「石聲」，蓋據《說文》。

[一八] 明州本、潭州本、金州本、錢鈔注「熱」字作「熱」。顧校、龐校、莫校同。馬校：「宋凡从『埶』之字皆不作『執』。注『熱』作『熱』，鈔誤。當改正。」

[一九] 按：《說文》見《口部》，「嚛」下有「也」字。方校：「案：『嚛』，《呂氏春秋·本味篇》作『酷』。」

[二〇] 陳校：「『膗』，《廣韻》作『臛』，同。」方校：「案：《廣韻》『膗』作『臛』，義同。」

[二一] 方校：「案：《類篇》同，宋本『蟲』作『蟲』，似誤。」按：潭州本、金州本、毛鈔如此，明州本、錢鈔作「蟲」。

[二二] 陳校：「『大』當作『久』。」按：明州本、錢鈔注「大」字作「久」。龐校、錢氏父子校同。《類篇》亦訓久雨。上聲《晧韻》下老切「滈」字注亦訓久雨。

[二三] 方校：「案：『吏』譌『臾』，據《漢書·高祖紀》注正。」按：明州本、潭州本、金州本、毛鈔、錢鈔注「臾」字正作「吏」。段校、汪校、韓校、陳校、龐校、莫校、錢氏父子校同。丁校據《漢書》注改「吏」。

[二四] 按：據《類篇·𠂤部》，「大」字上當補「說文」二字。

[二五] 丁校據《說文》作「右」。方校：「案：『右』譌『古』，據二徐本正。」按：明州本、毛鈔、錢鈔注「古」字正作「右」。陳校、龐校、錢校同。

[二六] 方校：「案：『鳿』譌从于，據《廣雅·釋鳥》正。『鵲』，《廣雅》作『雒』。」按：明州本、錢鈔注「鳿」字正作「鳿」。龐校、莫校、錢氏父子校同。馬校：「『鳿』，局誤『鳿』。」

[二七] 明州本、潭州本、金州本、毛鈔、錢鈔注「雋」字作「雋」。龐校、錢振常校同。

[二八] 方校：「案：『違』譌『連』，據二徐本正。」按：明州本、毛鈔、錢鈔注「連」字正作「違」。陳校、龐校、錢氏父子校同。馬校：「『違』，局作『連』。」前枯沃切「靠」字注作「違」，不誤。

[二九] 陳校：「『喉』當作『睸』，見《類篇》。」方校：「案：『喉』，揚子《太元經》作『睸』，《類篇》同，今據正。」

[三〇] 明州本、潭州本、金州本、毛鈔、錢鈔「犨」字作「犨」。顧校、錢振常校同。

[三一] 明州本、毛鈔、錢鈔注「灼」字作「約」。馬校：「『約』，宋誤，局作『灼』。」

［三二］明州本、錢鈔注「名」字作「多」。龐校、錢氏父子校同。

［三三］陳校从凿。方校：「案：『黼』譌『黼』，據《爾雅·釋器》正。後僕紐同。」按：明州本、錢鈔注「黼」字作「黼」。龐校、錢校同。

［三四］方校：「案：『从』譌『人』，據《類篇》正。」按：明州本、潭州本、金州本、毛鈔、錢鈔注「人」字正作「从」。余校、陸校、丁校、龐校、錢氏父子校同。

［三五］丁校據《説文》作「䑑」。方校：「案：『䑑』譌『䑑』。依宋本及《説文·丵部》正。」按：明州本、毛鈔、錢鈔「䑑」字作「䑑」。段校、陸校、龐校、錢振常校同。

［三六］方校：「案：『蒲』當从《説文》補音、《廣韻》、《韻會》作『蒲』。」按：明州本、毛鈔、錢鈔「蒲」字正作「蒲」。余校、段校、陸校、龐校、錢氏父子校同。

［三七］明州本、錢鈔注「丵」字並作「丵」。錢氏父子校同。

［三八］明州本、錢鈔注「鏷」字作「鏷」。龐校同。誤。潭州本、金州本、毛鈔作「鏷」。

［三九］潭州本、金州本、毛鈔注「免」字作「兔」。

［四〇］陳校：「『蛇』當作『蝝』。《爾雅》注：『蝗子未有翅者。』」

［四一］明州本、毛鈔、錢鈔「氷」字作「冰」。陳校、顧校、龐校、錢校同。潭州本、金州本作「沐」。誤。

［四二］段校「莞」字作「甇」。陳校、陸校同。方校：「案：『甇』譌『莞』，據《考工記》釋文正。」

［四三］方校：「案：『沃』譌『沐』，據《廣韻》正。」按：明州本、錢鈔注「沐」字正作「沃」。陳校、龐校、錢氏父子校同。

［四四］段校「覓」字作「覓」。陳校同。

［四五］明州本、錢鈔注「租」字作「租」。錢校同。

［四六］明州本、錢鈔注「犦」字作「犦」。龐校、錢氏父子校同。馬校：「『犦』，局作『犦』，誤。」

［四七］方校：「案：『曰』譌『臼』，據《説文·毇部》正。」按：毛鈔注「臼」字正作「曰」。余校、陳校、丁校同。又明州本、錢鈔注無「臼鑿」二字。

［四八］按：《類篇·衣部》「褫」字注「鮮」下有「明」字，與前《屋韻》子六切「褫」字注同，此「鮮」字下似脱「明」字。

［四九］方校：「案：『轂』當从《類篇》作『轂』。又『轂』，《廣韻》作『轂』，非。」按：明州本、毛鈔、錢鈔「轂」字正作「轂」。陳校、馬校、龐校、錢氏父子校同。

［五〇］陳校：「『竺』又入《屋韻》都木切。」

［五一］方校：「案：『篙』譌『篙』，據本文正。又『竺』在《説文·二部》，『篙』在《亯部》，音訓同。」按：明州本、錢鈔注「篙」字正作「篙」。陳校、顧校、陸校、龐校、莫校、錢氏父子校同。

［五二］方校：「案：『督』係俗字。『䐁』即『督』字之譌。」按：明州本、毛鈔、錢鈔注「督」字作「督」。陳校、顧校、龐校、錢振常校同。

［五三］方校：「案：『褶』當从《廣韻》作『褶』。」

［五四］明州本、錢鈔注「鱫」字作「鱫」。潭州本、金州本注作「鱫」。龐校同。

［五五］方校：「案：『豰』譌从豕，據二徐本正。」按：明州本、毛鈔「豰」字正作「豰」。顧校同。

［五六］明州本、錢鈔注「椎」字作「推」。龐校、錢氏父子校同。按：《説文》作「椎」。

［五七］方校：「案：『毒』，《説文》作『毒』，注『从毒』，小徐本作『毒聲』，段氏从之。」

［五八］方校：「案：『蒬』譌『芃』，據二徐本正。前篤紐亦誤。」

［五九］明州本、毛鈔、錢鈔注「瑁」字作「瑁」。余校、陳校、馬校、龐校、錢校同。方校：「案：『瑁』譌『瑁』。據宋本及《廣韻》正。」

［六〇］方校：「案：『蝥』譌『蝥』，據《類篇》及《廣雅·釋蟲》正。」按：明州本、毛鈔、錢鈔注「蝥」字正作「蝥」。陳校、顧校、陸校、龐校、莫校、錢氏父子校同。

［六一］方校：「案：『止』譌『上』。據《類篇》正。」按：曹本如此，顧氏重修本已改。

[六二] 明州本、毛鈔、錢鈔「蔌」字作「菽」。龐校、錢氏父子校同。

[六三] 衛校：「似當作『霝』，从雨，廸聲。」段校作「霝」。陳校、陸校、馬校同。

[六四] 方校：「案：『苗』譌从田，據《說文》及《爾雅・釋艸》正。」按：明州本、潭州本、金州本、毛鈔、錢鈔「苗」字正作「苗」。陳校、顧校、龐校、莫校、錢校同。

[六五] 明州本、潭州本、金州本、毛鈔、錢鈔注「皃」字作「兒」。陳校、龐校、錢校同。

[六六] 明州本、錢鈔注「居左」作「行省」。

[六七] 明州本、毛鈔注「匃」字作「匃」。陳校、龐校、錢氏父子校同。潭州本、金州本作「匃」，錢鈔作「幻」，並非。

[六八] 方校：「案：『儨』譌『儨』，據《周禮・地官・司市》音義正。」按：毛鈔右中「罒」白塗未補。顧校作「囚」。莫校同。

[六九] 陳校：「『地』《類篇》作『他』，又見《釋文》引《字林》亦作『他』。」

[七〇] 明州本、毛鈔「蓴」、「狎」作「蓴」、「猼」，注同。顧校、龐校同。

[七一] 明州本、金州本、毛鈔、錢鈔注「四」字作「匹」。段校、陳校、陸校、龐校、錢氏父子校同。

[七二] 方校：「案：『革』譌『革』，據《說文》、《類篇》正。」按：明州本、潭州本、金州本、毛鈔、錢鈔注「革」字正作「革」。余校、陳校、顧校、陸校、龐校、莫校、錢氏父子校同。

[七三] 明州本、錢鈔注「磚」字作「磧」。錢校同。誤。潭州本、金州本作「磚」。

[七四] 方校：「案：『齊』，《廣韻》、《類篇》同，《玉篇》、《韻會》作『濟』。」按：明州本、錢鈔注「齊」字正作「濟」。韓校、陳校、龐校、錢校同。

三燭

[一] 明州本、潭州本、金州本、毛鈔、錢鈔注「㕷」字作「庭」。段校、汪校、陳校、陸校、龐校、錢氏父子校同。方校：「案：『庭』譌『㕷』，據宋本及《說文》正。」

[二] 方校：「案：『火』，二徐本及《類篇》同，段氏从《燕禮》、《詩・小雅》毛傳改『大』。」段校「火」字作「大」。陸校同。錢校：「胡黏。」明州本、錢鈔作「从」，誤。

[三] 明州本、潭州本、金州本、毛鈔、錢鈔注「十」下有「二」字。龐校、錢振常校同。

[四] 陳校「𣢾」作「欶」。按：《廣韻》作「欶」，與《說文》同。

[五] 方校：「案：『瑦』譌『鳴』，據《文選・吴都賦》正。」按：明州本、毛鈔注「鳴」字正作「瑦」。陳校、顧校、陸校、龐校、莫校、錢校氏父子同。錢鈔作「鳿」，誤。

[六] 段校「鳴」作「螐」。陸校同。方校：「案：『螐』譌从鳥，據《爾雅・釋蟲》音義正。」

[七] 顧校「博」作「博」。

[八] 方校：「案：《廣雅・釋訓》未見。」

[九] 段校「敳」作「豉」。陸校同。陳校：「『敳』，从攴、从豈。」方校：「案：『敳』譌『敳』，據《說文》正，《類篇》亦誤。」

[一〇] 顧校「縛」作「縛」。

[一一] 明州本、錢鈔注「牴」字作「抵」。龐校、錢氏父子校同。與《說文》合。

[一二] 方校：「案：『刺』譌『刺』，據《莊子・則陽》司馬注正。後㝩紐同。」按：毛鈔白塗改「刺」。錢鈔闕。

[一三] 方校：「案：卷十六《大荒西經》『氏』作『互』，『鸓』作『䴁』。」

[一四] 方校：「案：『蜎蜎』下『蜎』字譌『蛸』，并奪『引《詩》蜎蜎』四字，據前後引《説文》通例補。」按：明州本、金州本、毛鈔、錢鈔注「蛸」字作「蛸」。余校、龐校、錢校同。

[一五] 鈕校：「汪竹香云：《説文》有『裻』無『襩』，『襩』在『襱』下云：『襱』或从賣。則『裻』、『襩』、『襩』三字之併爲一字，非是。顧千里曰：『襱、襩同字，自見上聲一《董》，丁度非不知也。蓋襩爲襱之或體，又爲裻之或體，汪不明全書體例。』樹玉按：『襱』下『襩』疑後人增，汪説非是。」

[一六] 明州本、錢鈔注「出」字作「也」。錢校同。誤。潭州本、金州本、毛鈔作「出」。

[一七] 段校「豉」作「鼓」。《類篇》同。

[一八] 方校：「案：『鵋鸀』譌『鵋鵛』，據《類篇》正。」呂校同。按：明州本、潭州本、金州本、毛鈔、錢鈔注「鵋鵛」作「鵋鵛」。陳校、顧校、陸校、龐校、錢氏父子校同。呂校、方校據《類篇》誤。

[一九] 顧校注「剌」作「刺」。

[二〇] 衛校：「當是『神』字。」方校：「案：『神』譌『袖』，據《廣韻》正。」按：明州本、金州本、錢鈔注「袖」字正作「神」。余校、陳校、顧校、陸校、龐校、錢氏父子校同。

[二一] 段校「㪉」作「欵」。陸校同。陳校：「『㪉』當作『欵』，轉注古音頤。」

[二二] 陳校：「从衣，不从米。」丁校據《廣韻》作「襦」。方校：「案：『襦』譌『糯』，據《廣韻》正。」按：明州本、潭州本、金州本、毛鈔注「糯」字作「襦」。余校、陳校、顧校、陸校、龐校、錢氏父子校同。錢鈔注作「襦」，誤。

[二三] 按：《廣韻》作「鞴」，云：「鞴，鞮也。又似足切。」

[二四] 方校：「案：『爲』下奪『辰』字，據二徐本補。」

[二五] 段校作「犇」。方校：「案：『犇』譌『犇』，注『犇』譌『糾』，據二徐本正。」按：明州本、毛鈔、錢鈔注「糾」字正作「犇」。陳校、龐校、錢氏父子校同。

[二六] 方校：「案：『官』譌『宫』，據二徐本正。」按：明州本、毛鈔、錢鈔注「宫」字正作「官」。余校、陳校、龐校、錢氏父子校同。

[二七] 丁校據《廣雅》「子」作「孑」。方校：「案：『孑』譌『子』，據《廣雅・釋器下》正。《類篇》『其孑』作『兵支』，尤誤。」按：明州本、毛鈔、錢鈔注「子」字正作「孑」。段校、陳校、陸校、龐校、錢氏父子校同。

[二八] 毛鈔「塚」字作「塚」。陳校同。方校：「案：『塚』譌从豕，據宋本正。」

[二九] 明州本、錢鈔注「馬」字作「罵」。誤。潭州本、金州本、毛鈔作「馬」，不誤。

[三〇] 明州本注「穀」字作「穀」。龐校、錢振常校同。毛鈔白塗未補。錢鈔作「穀」。

[三一] 《玉篇・刀部》、《廣韻》俱無注「也」字。

[三二] 明州本、錢鈔「玉」字作「玊」。潭州本、金州本、毛鈔作「王」。陳校、顧校、陸校、龐校、莫校、錢氏父子校同。

[三三] 按：「𢇍」當作「𢇍」，注同，據《廣韻》校改。

[三四] 明州本、毛鈔、錢鈔注「䍌」字作「署」。陳校、龐校、錢振常校同。

[三五] 方校：「案：《廣雅・釋室》『康』音七賜反，此从束，音促，非。」按：王念孫《廣雅・釋宫》疏證：「『康』音七賜反，字从广，束聲，『束』亦音七賜反。各本皆作『康』，音七粟反，此因『康』字譌作『康』，後人遂并改曹憲之音。」

[三六] 方校：「案：『趚』譌『趚』，以《文選・東京賦》校改。」按：明州本、金州本、毛鈔、錢鈔注「趚」字正作「趚」。陳校、龐校、錢氏父子校同。

[三七] 方校：「案：『廥』古作『[illegible]』，此作『廥』，非是。」按：明州本、潭州本、金州本、毛鈔、錢鈔「廥」字正作「廥」，注同。段校、陳校、龐校、錢氏父子校同。

[三八] 段校「蕢」作「蕢」。按：毛鈔「蕢」字中「皿」白塗未補。

[三九] 明州本、潭州本、金州本、毛鈔、錢鈔注「仕」字作「壯」。陳校、顧校、陸校、丁校、龐校、莫校、錢氏父子校同。方校：「案：『壯』譌『仕』，據宋本及《類篇》正。」

[四〇] 明州本、潭州本、金州本、毛鈔、錢鈔「鶒」字作「鶒」。韓校、顧校、龐校同。呂校：「宜作『鶒』。」方校：「案：『鶒』譌

『鞲』，據《廣雅・釋器上》正。宋本作『鞲』。」
[四一] 方校：「案：『黼』譌『黼』，『衿』譌『衿』，據《類篇》及《漢書・敘傳上》音義引《字林》正。」按：明州本、毛鈔、錢鈔注「黼」字正作「黼」。龐校、錢氏父子校同。又潭州本、金州本、錢鈔注「衿」字作「衿」。段校同。丁校據《爾雅》「衿」改「領」。
[四二] 明州本、錢鈔「驫」字作「驫」。錢校同。
[四三] 明州本、潭州本、金州本、毛鈔、錢鈔注「怕」字作「帕」。陳校、顧校、陸校、龐校、莫校、錢氏父子校同。汪校从「巾」。丁校據《類篇》作「帕」。方校：「案：『帕』譌『怕』，據宋本及《類篇》正。」
[四四] 毛鈔「瘃」字作「瘃」。顧校同。
[四五] 方校：「案：『株』譌『珠』，據《類篇》正。」按：明州本、錢鈔注「珠」字作「株」。龐校同。錢振常校改「株」云：「『株』誤。」
[四六] 《說文》見《木部》，「自曲」下有「者」字。呂校：「《說文》『曲』下有『者』字。」方校：「案：『曲』下《說文》及《類篇》竝有『者』字，今補。」
[四七] 方校：「案：《廣雅》未見。」
[四八] 明州本、錢鈔注「女」字作「文」，「順」字作「頭」。錢振常校同。誤。潭州本、金州本、毛鈔不誤。
[四九] 馬校：「當作『豩』，宋亦誤。下丑玉切不誤。」方校：「案：『豩』譌『豩』，據《廣韻》正。」
[五〇] 明州本、潭州本、金州本、錢鈔注「豕」字作「豕」。陳校、龐校同。
[五一] 按：《玉篇・走部》：「趗，丑足切。小兒行。」《廣韻・腫韻》丑隴切：「趗，小兒行皃。」此作「小步」，疑有誤，「小」下似脫「兒」字，「步」似作「行」。下丑玉切「趗」字注作「小兒行」，「皃」係「兒」字之誤。
[五二] 潭州本、金州本注「皃」字作「兒」。錢振常校同。
[五三] 陳校注「豕」字作「豕」。

[五四] 按：《玉篇・土部》：「㙇，丑玉切。牛馬所蹈之處。」《廣韻》同。此「蹈」下無「之」字，當增。
[五五] 明州本、錢鈔注「蹢」字作「蹈」。龐校、錢氏父子校同。誤。潭州本、金州本、毛鈔注作「蹢」。
[五六] 余校作「芵光」。丁校據《廣韻》作「芵」。按：明州本、潭州本、金州本、毛鈔、錢鈔注「芵」字作「芵」。段校、陳校、陸校、錢校同。馬校：「『芵』局誤『芵』。」
[五七] 方校：「案：『采』譌『釆』，據《廣韻》正。」按：明州本注「釆」字正作「采」。錢振常校同。
[五八] 方校：「案：『敊』譌从支，據《廣韻》正。《類篇》『扑』作『撲』。」按：明州本、潭州本、金州本、毛鈔、錢鈔「敊」字作「敊」。陳校、龐校、錢校同。
[五九] 余校「誳也」在「誳也」上。按：明州本、錢鈔注「誳也」正在「誳也」上。錢校同。此脫「誳也」二字，當補。毛鈔「誳」字下空一格，亦未當。
[六〇] 明州本、毛鈔、錢鈔注「恭」字作「恭」。陳校、莫校、錢振常校同。
[六一] 余校「權」作「趯」。呂校：「《說文》作『趯』。」丁校同。方校：「案：『趯』譌『權』，據二徐本正。」
[六二] 明州本、毛鈔、錢鈔注「醽」字作「醽」。龐校、錢振常校同。
[六三] 明州本、毛鈔、錢鈔注「皃」字作「見」。陳校、龐校、錢氏父子校同。
[六四] 方校：「案：『一』當作『十』。」按：明州本、潭州本、金州本、毛鈔、錢鈔注「一」字正作「十」。龐校同。馬校：「『十』，局誤『一』。」
[六五] 段校作「谷」。
[六六] 顧校「黥」字作「黥」。按：毛鈔「黥」字上「田」白塗未補。
[六七] 余校「鉤」字作「句」。方校：「案：『鉤』，二徐本作『句』，今據正。」
[六八] 方校：「案：『枕』譌『杭』，據《玉篇》正。」按：明州本、毛鈔、錢鈔注「杭」字正作「枕」。余校、陳校、顧校、陸校、龐校、莫校、錢振常校同。

〔六九〕方校：「案：『鵃』、『䳡』譌从史，據《説文》、《類篇》正。」
〔七〇〕明州本、毛鈔注「沛」字作「沛」。
〔七一〕陳校：「『蝨』，當作『蝨』，見《説文》。」丁校據《爾雅》作「蝨」。方校：「案：據大徐本及《爾雅・釋蟲》、《類篇》作『蝨』。段氏从宋本訂正與此同。」
〔七二〕段校「勖」作「勖」。方校：「案：《説文》『勖』从力，冒聲，此上从曰，下从助，非。」
〔七三〕明州本、毛鈔、錢鈔注「桼」字作「桼」。段校、陳校、龐校、錢氏父子校同。
〔七四〕方校：「案：『凵』譌『凵』，下从『凵』者竝譌，據《説文》正。」
〔七五〕《類篇・足部》同。按：字當作「跫」。
〔七六〕明州本、毛鈔、錢鈔注「引」字作「蚓」。龐校、錢氏父子校同。
〔七七〕方校：「案：『爪』譌『瓜』，據二徐本正。」按：明州本、金州本、毛鈔、錢鈔注「瓜」字正作「爪」。余校、陳校、顧校、陸校、龐校、錢振常校同。馬校：「『爪』，局誤『瓜』。」
〔七八〕吕校：「《説文》『也』上有『縛』字。與《廣韻》同。」
〔七九〕方校：「案：『𦥑』《廣韻》作『𦥑』，《類篇》與此同。」
〔八〇〕方校：「案：『𧝎』當从宋本作『𧝎』，注『素』《説文》作『𥿡』，即古『素』字。」按：明州本、潭州本、金州本、錢鈔「𧝎」字作「𧝎」。韓校、顧校、龐校同。
〔八一〕明州本、毛鈔、錢鈔注「展」字作「展」。韓校、顧校、龐校同。潭州本作「㞡」。皆誤。
〔八二〕《説文》見《丮部》，「持」上有「拖」字。
〔八三〕丁校據《類篇》「匩」字作「匡」。按：明州本、毛鈔、錢鈔注「匩」字正作「匡」。余校、陳校、顧校、陸校、龐校、莫校、錢氏父子校同。方校：「案：『匡』譌『匩』，據宋本及《類篇》正。」
〔八四〕陳校：「『樸』，《博雅》作『樸』。」方校：「案：『樸』譌『樸』，據《廣雅・釋地》正。曹憲『樸』音漢。」

〔八五〕明州本、錢鈔注「栻」字作「拭」。龐校、錢校同。未當。《廣雅・釋器》作「栻」。
〔八六〕方校：「案：『追』譌『追』，據《類篇》正。」按：明州本、錢鈔注「追」字正作「追」。段校、陸校、丁校、龐校、錢氏父子校同。
〔八七〕馬校：「『撓』，局从木。」方校：「案：《説文》『玊』作『玉』，隷當作『玉』。『專』，二徐及《類篇》皆作『專』。段校本與此同。又『撓』譌从木，『枝』譌从扌，今竝正。」按：明州本、錢鈔注「技」字作「技」，非。「玉」字作「王」。錢校同。無「丨」字。龐校同。
〔八八〕方校：「案：『确』譌『硧』，據二徐本正。」按：明州本、錢鈔注「硧」字正作「确」。段校、龐校、錢氏父子校同。
〔八九〕明州本、毛鈔、錢鈔注「嬾」字作「嬾」。錢振常校同。
〔九〇〕明州本、錢鈔注「乂」字作「又」。龐校、錢校同。誤。潭州本、金州本、毛鈔作「乂」，即「叉」字。

四覺

〔一〕方校：「案：『杖』譌『放』，據二徐本正。」按：明州本、潭州本、金州本、毛鈔、錢鈔注「放」字正作「杖」。陳校、顧校、陸校、龐校、莫校、錢氏父子校同。
〔二〕方校：「案：『掎』譌从木，據《廣雅・釋言》正。」按：明州本、潭州本、金州本、毛鈔、錢鈔注「椅」字正作「掎」。陳校、龐校、錢氏父子校同。
〔三〕段校「構」作「構」。馬校：「凡从『冓』之字，宋皆如此作。局俱作『冓』。」
〔四〕明州本、潭州本、金州本、毛鈔注「榱」字作「榱」。陳校、顧校、許克勤校、龐校同。
〔五〕明州本、潭州本、金州本、錢鈔注「鷩」字作「鷩」，避諱缺筆。

［六］段校作「輢」。陸校同。丁校據《説文》作「輢」。方校：「案：『騎』，大徐同，段从小徐作『輢』。『錡』，二徐及《類篇》同，《文選・西京賦》注、《七啟》注竝引作『鉤』。」

［七］丁校據《説文》作「㲉」。按：明州本、潭州本、金州本、毛鈔、錢鈔「㲉」字作「㲉」。段校、韓校、陳校、陸校、龐校、錢氏父子校同。

［八］明州本、金州本、毛鈔、錢鈔注「㲉」字作「㲉」。陳校、陸校、龐校、錢氏父子校同。

［九］明州本、潭州本、金州本「騅」字作「騅」。

［一〇］毛鈔、錢鈔注「頟」字作「額」。錢校同。馬校：「『額』，局作『頟』，下逆角切並同。」

［一一］明州本、毛鈔、錢鈔「䶑」字作「鮫」。韓校、龐校、錢氏父子校同。

［一二］段校注「鋸」字作「倨」。陸校同。下北角切「駮」字注亦當作「倨」。

［一三］吕校：「『礐』宜从土。」

［一四］明州本、潭州本、金州本、毛鈔、錢鈔注「圻」字作「坼」。韓校、陳校、龐校同。

［一五］明州本、潭州本、金州本、毛鈔、錢鈔「髗」字作「髗」。段校、陳校、陸校、龐校、錢氏父子校同。方校：「案：『髗』譌『髗』，以《玉篇》校改。」

［一六］方校：「案：『㲉』譌『㲉』，依《説文》正。據正文及《五經文字》又當作『㲉』。」

［一七］錢校注「讒」字作「讒」。

［一八］方校：「案：今本《釋器下》奪，王氏據此及《酉陽雜俎・酒食篇》補。」

［一九］明州本、錢鈔注「撓」字作「橈」。龐校、錢振常校同。

［二〇］顧校「㲉」作「㲉」。

［二一］方校：「案：『㪉』譌『㪉』，據二徐本正。」按：明州本、金州本、毛鈔、錢鈔「㪉」字正作「㪉」。段校、陳校、陸校、龐校、錢氏父子校同。潭州本作「㪉」，非是。

［二二］明州本「㲉」字作「㲉」。余校、段校、陸校、龐校、錢氏父子校同。

［二三］方校：「案：《説文・土部》作『塙』，無『墧』字。此譌『塙』爲『墧』，下文又出『塙』字，訓土高，未詳其説。」

［二四］方校：「案：此見《釋山》，『也』字衍。」

［二五］明州本、錢鈔「㲉」字作「㲉」。段校、陸校、龐校、錢振常校同。

［二六］方校：「案：王本《廣雅・釋詁二》『曝』作『乾』。」

［二七］明州本、錢鈔「梋」字作「榷」。龐校、錢氏父子校同。

［二八］方校：「案：『隺』譌『隺』，據《説文・冂部》正。」

［二九］明州本、毛鈔、錢鈔「嚳」字并注在「隺」下「㲉」上。韓校、龐校、錢校同。方校：「案：宋本在『隺』下『㲉』上。」

［三〇］毛鈔「門」字作「鬥」。韓校、陳校、顧校、陸校、莫校同。又明州本注「鬭」字作「鬭」。陳校、顧校同。方校：「案：『鬥』譌『門』，注『鬭』譌『鬭』，據宋本及《類篇》正。」

［三一］方校：「案：『臼』譌『臼』，據《説文・教部》正。」按：潭州本、金州本、毛鈔注「臼」字正作「臼」。顧校同。明州本、錢鈔注「臼」字作「曰」。錢振常校：「『臼』，宋本作『曰』，誤。」

［三二］方校：「案：此新修字義十九文之一，段本無。」

［三三］余校「礐」下增「石」字。陳校同。方校：「案：二徐本『礐』下有『石』字，《類篇》、《韻會》引許書及段校本竝無。」

［三四］丁校據《説文》補「偓」字。方校：「案：小徐本『佺』上有『偓』字，毛氏初刻有，後挖補無者是也。此即辛楣錢氏所謂連上篆字爲句，許書此類甚多，段氏每加沾補，失其恉矣。」

［三五］丁校據《類篇》「踼」字改「蹦」。方校：「案：『蹦』譌『踼』，據《類篇》正。」按：明州本、潭州本、金州本、毛鈔、錢鈔注「踼」字作「蹦」。陳校、龐校、錢氏父子校同。

［三六］方校：「案：『握』古作『𡆠』，亦省作『臺』，此作『臺』，見任彦昇《出郡傳舍哭范僕射詩》注引《淮南子》高誘注，據字當作『臺』。」

[三七] 方校：「案：《篇》、《韻》『葹』作『蒴』，《類篇》『葹』與『蒴』音義同。」莫校：「依後『蒴』字呂校宜作『蒴』」，段校作『蒴』。」

[三八] 明州本、潭州本、金州本、錢鈔注「笑」字作「笑」。錢振常校同。又明州本、潭州本、金州本、毛鈔、錢鈔注「也」字作「聲」。龐校、錢氏父子校同。

[三九] 明州本、毛鈔、錢鈔注「縛」字作「縛」。龐校、錢校同。

[四〇] 方校：「案：《說文》古作『岊』，象高形，此失收。『岊』譌『岜』，據《類篇》正。」

[四一] 陳校：「《爾雅》、《說文》并作『倨』。」按：明州本、毛鈔、錢鈔注「鋸」字作「倨」。段校、陳校、陸校、錢振常校同。

[四二] 毛鈔「駁」字作「駮」。韓校同。方校：「案：『駮』譌『駁』，據宋本及《說文》正。『馬色』下奪『不純』二字，當補。」

[四三] 明州本、潭州本、金州本、毛鈔、錢鈔注「勺」字作「勺」。下同。顧校同。按：从「勺」之字均同。

[四四] 陳校「从」作「以」。顧校、陸校同。方校：「案：《玉篇》訓足擊聲，《廣韻》訓足擊。此『从』字當依《類篇》作『以』。」

[四五] 方校：「案：『鵅』譌『雒』，『鶶』譌『頒』，據《爾雅・釋鳥》郭注正。」按：明州本、潭州本、金州本、毛鈔、錢鈔注「雒」字正作「鵅」。段校、陸校、龐校、錢氏父子校同。又「頒」字正作「鶶」。陳校、龐校、錢氏父子校同。

[四六] 方校：「案：『鳪』譌『鴇』，據《爾雅・釋鳥》正，注文不誤。」按：曹本作「鳪」，顧氏重修本已改。

[四七] 明州本、潭州本、金州本、毛鈔、錢鈔「皱」字作「皱」。

[四八] 明州本、潭州本、金州本、毛鈔、錢鈔注「技」字作「技」，與正文同。陸校、龐校、錢氏父子校同。

[四九] 方校：「案：『曝』譌『嚗』，據《莊子・知北遊》正。」按：明州本、毛鈔、錢鈔注「嚗」字正作「曝」。龐校、錢氏父子校同。潭州本、金州本作「嚗」。

[五〇] 明州本、潭州本、金州本、毛鈔、錢鈔「炇」字作「炇」。陳校、顧校、龐校、錢氏父子校同。方校：「案：『炇』譌『炇』，據宋本及《廣韻》正。」

[五一] 丁校據《爾雅》邢疏補「約」字。方校：「案：『彴』下奪『約』字，據《釋天》補。」

[五二] 明州本、錢鈔注「挨」字作「挨」。誤。潭州本、金州本、毛鈔作「挨」。與《說文》合。

[五三] 方校：「案：『勉』，《廣韻》引作『冤』，以《漢書・東方朔傳》顔注自冤痛之聲也。參看，似《廣韻》爲長。」

[五四] 方校：「案：《釋訓》作『爆爆』，釋文或作『曓』。疑从心作『懪』爲是，此可以訂陸書者。」

[五五] 陸校：「『犎』下脱『牛』字。」

[五六] 方校：「案：『魚』下大徐本有『名』字，小徐有『也』字。《類篇》與此同。」

[五七] 方校：「案：『決』譌『泱』，據《類篇》、《韻會》正。」按：明州本、毛鈔、錢鈔注「泱」字正作「決」。段校、陸校同。金州本作「決」。余校、陳校、錢振常校同。

[五八] 陳校：「『箕』當作『簋』，音覔。」按：明州本、金州本、錢鈔注「箕」字正作「簋」。龐校、錢氏父子校同。

[五九] 明州本、毛鈔、錢鈔注「橈」字作「撓」。龐校、錢校同。馬校：「『撓』，局从木。」

[六〇] 段校「髾」作「髾」。陳校、陸校同。又呂校：「《考工記》作『墾』。」丁校據《周禮》作「髺」、「墾」。方校：「案：『髾』譌『髾』，『墾』譌『狠』，竝據《周禮・考工記・旅人》正。《類篇》『狠』作『豤』。」

[六一] 明州本、錢鈔「爇」注字作「爇」。顧校、錢振常校同。

[六二] 《說文》見《革部》。段注：「《考工記》：『攻皮之工五：函、鮑、韗、韋、裘。』先鄭云：『鮑讀如鮑魚之鮑，書或爲鞄。《蒼頡篇》有鞄甍。』又『鮑人之事』，後鄭云：『鮑，故書或作鞄。』許云：『鮑』即『鞄』者，謂《周禮》之『鮑』即《蒼頡篇》之『鞄』。『鞄』，正字；『鮑』，假借。」

[六三] 方校：「案：『美』譌『美』，據二徐本正。」

[六四] 明州本注「思」字作「思」。龐校、錢氏父子校同。誤。潭州本、金州本、毛鈔、錢鈔均作「思」。

[六五] 明州本、錢鈔注「芯」字作「芯」。龐校、錢氏父子校同。誤。潭州本、金州本、毛鈔注作「芯」。與《說文》同。

[六六] 方校：「案：『胼』譌『胼』，據《類篇》、《韻會》正。」按：明州本、金州本、毛鈔、錢鈔注「胼」字正作「胼」。陳校、顧校、龐校、錢校同。

［六七］陳校：「『嗽』又入《屋韻》蘇谷切。」

［六八］陳校：「《博雅》無此字義，見下『㭬』字上注。」方校：「案：《廣雅・釋室》：『柵謂之㭬。』字从木，不从手，下『㪍』、『至』等十二字方訓塗，此失其讀。」

［六九］丁校據《說文》「从」改「以」。按：明州本、潭州本、金州本、毛鈔、錢鈔注「从」字作「以」。汪校、陳校、顧校、陸校、龐校、莫校、錢氏父子校同。方校：「案：《說文》『簡』入《竹部》，當作『簡』，注『以』譌『从』，『舜』譌『書』，據宋本及二徐本正。」

［七〇］明州本、毛鈔、錢鈔注「輻」字作「䈏」。錢校同。按：《說文》作「輻」。

［七一］方校：「案：『蒴』譌『萷』，注『蒴藋』譌『萷藋』，據《篇》、《韻》正。『萷』乃『梢』之或體，即見下文。」

［七二］明州本、潭州本、金州本、毛鈔、錢鈔注「箾」字作「箾」，與正文同。莫校、錢校同。《類篇・艸部》正作「箾」。

［七三］方校：「案：『虜』當作『虜』。《前漢・地理志》臨淮郡富陵縣莽曰槤虜。」

［七四］明州本、毛鈔、錢鈔「齪」字作「齪」。莫校同。

［七五］明州本、毛鈔、錢鈔「鼈」字作「鼈」。龐校、錢氏父子校同。

［七六］明州本、潭州本、金州本、錢鈔「碉」字作「碉」。錢氏父子校同。

［七七］韓校「盄」作「盄」。董校：「煥案：《玉篇》：『盄，杯也。』魚下切。不从足。」

［七八］馬校：「『食』，局作『實』。」案：馬所據誤本，蒙所見毛鈔作「實」。《玉篇・食部》：「餗，思穀切。鼎實也。」前《屋韻》蘇谷切「餗」字注亦作「實」。

［七九］明州本、錢鈔注「箄」字作「箄」。錢振常校同。誤。潭州本、金州本、毛鈔作「箄」。

［八〇］方校：「案：《釋艸》『奚毒』二字竝不从艸。」

［八一］方校：「案：『灂』，《說文》作『瀌』。」按：毛鈔「灂」字作「瀌」。龐校、錢振常校同。

［八二］顧校「漆」作「漆」。方校：「案：注『漆沂』譌『漆所』，據《考工記・輈人》鄭注正。」按：明州本、金州本、錢鈔注「所」字正作「沂」。陳校、顧校、陸校、龐校、莫校、錢校同。

［八三］方校：「案：『濁』譌『濁』，據《爾雅・釋水》正。」按：龐校注「濁」字作「濁」。錢氏父子校同。明州本、錢鈔作「濁」。

［八四］明州本、毛鈔、錢鈔「猎」字作「猎」，注同。段校、韓校、陳校、陸校、龐校、錢氏父子校同。方校：「案：『猎』譌『猎』，據宋本及《類篇》正。」

［八五］毛鈔注「剌」字作「剌」。陳校、顧校、莫校同。

［八六］方校：「案：『鷟』上譌加『山』，據《說文》正。」馬校同。

［八七］方校：「案：『㞢』上譌从屮，據《說文》正。」

［八八］明州本、毛鈔、錢鈔「遄」字作「遄」，注同。段校、韓校、陳校、陸校、龐校、錢氏父子校同。又明州本、毛鈔、錢鈔注「从」作「作」。馬校：「『作』，局誤『从』。」方校：「案：『遄』譌『遄』，注『作』譌『从』，據《廣韻》正，宋本作『遄』，亦誤。」

［八九］明州本、潭州本、金州本、毛鈔、錢鈔注「胆」字作「胆」。陳校、陸校、龐校、莫校、錢氏父子校同。方校：「案：『胆胆』譌『短胆』，據《考工記・梓人》文正。」

［九〇］明州本、金州本、毛鈔注「軌」字作「軌」。龐校、錢振常校同。

［九一］方校：「案：『㷟』、『㬵』譌『㷟』、『㬵』，據《說文》正。『㬵』亦當依本文作『㬵』。」按：明州本、潭州本、金州本、毛鈔、錢鈔大字「㬵」、「㬵」並作「㬵」、「㬵」。錢校同。亦誤。

［九二］明州本、潭州本、金州本、毛鈔、錢鈔「㴐」字作「㴐」。韓校、錢校同。

［九三］明州本、潭州本、金州本、毛鈔、錢鈔「踄」字作「踄」。陳校、莫校同。

［九四］方校：「案：『卓』，《說文・匕部》作『𠦝』，古文作『𠦝』。但此字既隸《匕部》，則古文不應从卜，當依此注及《類篇》訂正。《類篇》『皁』作『皁』。」

［九五］按：《說文》見《稽部》，从稽省，右上「九」當加點作「尢」。

［九六］明州本、錢鈔注「特」字作「持」。龐校、錢校同。誤。潭州本、金州本、毛鈔作「特」。與《說文》同。

［九七］　明州本、金州本注「鴷」字作「鸄」。錢振常校同。

［九八］　方校：「案：『諟』譌『諟』，據《廣雅·釋詁二》正。又《釋詁一》『責』作『賫』，係『責』字古文。」按：明州本、潭州本、金州本、錢鈔「諟」字正作「諟」。錢振常校同。

［九九］　明州本、錢鈔注「烏」字作「馬」。潭州本、金州本、毛鈔作「鳥」。與《爾雅·釋鳥》同。

［一〇〇］　方校：「案：『豝』譌『豴』。據本文正。」按：明州本、錢鈔注「豴」字作「豝」。毛鈔作「豝」。陳校、馬校、丁校、龐校、錢氏父子校同。

［一〇一］　明州本、錢鈔注「臀」字作「殿」。龐校、錢氏父子校同。按：《廣雅》作「臀」。

［一〇二］　明州本、錢鈔注「奇字」作「者或」。龐校、錢氏父子校同。

［一〇三］　明州本、錢鈔「闋」字作「闋」。錢振常校同。《山海經》見《南山經》。畢沅校：「舊本闋作闋，《説文》、《玉篇》俱無此字。《玉篇》有闋字，式旨切，藏經本亦作闋，今从之。」

［一〇四］　明州本、潭州本、金州本、毛鈔、錢鈔「上」字作「十」。龐校同。當是。

［一〇五］　方校：「案：『杈刺』譌『杈刺』，據《周禮·天官·鼈人》注正。『獨』，當从本文作『擉』。」按：毛鈔注「杈」字正作「杈」。顧校同。又顧校「剌」字作「刺」。又明州本、潭州本、金州本、毛鈔、錢鈔「獨」字正作「擉」。陳校、顧校、丁校、龐校、莫校、錢校同。

［一〇六］　明州本、錢鈔注「搏」字作「搏」。龐校同。

［一〇七］　明州本、錢鈔注「特」字作「持」。錢校同。

［一〇八］　明州本、毛鈔、錢鈔注「禾」字作「木」。陳校、顧校、陸校、龐校、莫校、錢校同。按：《説文·稽部》「䅺」篆：「賈侍中説『稽』、『穛』、『䅺』三字皆木名。」是也。

［一〇九］　方校：「案：『東』下奪『北』字。據二徐本補。」按：明州本、錢鈔注「東」下正有「北」字。余校、龐校、錢振常校同。

［一一〇］　方校：「案：『灊』譌『灊』，據二徐本正。」按：明州本、毛鈔、錢鈔注「灊」字正作「灊」。段校、陳校、龐校、錢振常校同。

［一一一］　方校：「案：『淳』當从《韻會》作『淖』。」按：明州本、金州本、錢鈔注「淳」字正作「淖」。龐校、錢校同。

［一一二］　明州本、潭州本、金州本、錢鈔注「春」字作「春」。

［一一三］　丁校據《爾雅》注「烏」改「鳥」。按：明州本、潭州本、金州本、毛鈔、錢鈔注「似」下「烏」字作「鳥」。汪校、陳校、龐校、錢氏父子校同。

［一一四］　丁校據《爾雅》注改「雗」字。方校：「案：『鶾』下缺『雗』字，據本文補。」按：明州本、毛鈔、錢鈔注「鶾」下正有「雗」字。

［一一五］　陳校：「『淥』，《類篇》作『淥』。」按：明州本、錢鈔「淥」字作「淥」。龐校、錢氏父子校同。

［一一六］　陳校：「『嬥』見上，重出。」方校：「案：『嬥』字複。」

［一一七］　方校：「案：『櫂』譌『擢』，據《類篇》及注文正。」按：明州本、毛鈔、錢鈔「擢」字作「櫂」。陳校、龐校、錢氏父子校同。馬校：「『櫂』，局誤从手，注不誤。」

［一一八］　陳校：「『欘枸』，《爾雅》本亦作『斪斸』。」方校：「案：《爾雅》：『斪斸謂之定。』《考工記·車人》鄭注引作『句欘』，《廣韻》作『斸』，誤。」

［一一九］　明州本、錢鈔注「葹」字作「葹」。龐校、錢氏父子校同。誤。潭州本、金州本、毛鈔作「葹」。陳校、顧校同。吕校：「宜作『葹』。」

［一二〇］　馬校：「『辨』，局作『辯』。」按：明州本、潭州本、金州本、毛鈔、錢鈔均作「辯」。

［一二一］　明州本、毛鈔、錢鈔「䍮」字作「䍮」。龐校、莫校、錢校同。與《類篇》一致。

［一二二］　明州本、潭州本、金州本、毛鈔、錢鈔「犨」字作「犨」。顧校、莫校同。

五質

［一］明州本、潭州本、金州本、毛鈔、錢鈔注「曰」作「日」。余校、陳校、龐校、錢氏父子校同。方校：「案：『日』譌『曰』，據宋本及《類篇》、《韻會》正。」

［二］明州本、毛鈔、錢鈔注「瘍」字作「瘍」。陳校、龐校、錢氏父子校同。馬校：「『瘍』，局誤『瘍』。」

［三］明州本、毛鈔、錢鈔注「曰」下「劕」字作「質」。錢校同。非是。潭州本、金州本作「劕」。

［四］方校：「案：『櫍』、『礩』并新坿字。」

［五］此亦新坿字，説見前方校。

［六］明州本、錢鈔注『鞶』字作『鞶』。錢振常校同。誤。潭州本、金州本作「鞶」不誤。

［七］明州本、錢鈔注「很」字作「佷」。龐校、錢氏父子校同。

［八］方校：「案：『叱』从口，七聲，不从匕。據《説文》及《類篇》正。」

［九］段校：「此因《内則》注而誤。」

［一〇］余校「入」作「人」。段校同。馬校：「『入』當作『人』，宋亦誤。」

［一一］方校：「案：『口』當改『〇』，『乙』，古文，象形，亦見《説文》，非始於唐武后。」

［一二］明州本、潭州本、金州本、毛鈔、錢鈔「刅」字均作「刃」。顧校、莫校同。龐校：「『刅』並作『刃』。」

［一三］丁校據《説文》作「常」。方校：「案：『常』譌『裳』，據二徐本正。」按：明州本、潭州本、金州本、毛鈔、錢鈔注「裳」字正作「常」。陳校、顧校、莫校同。

［一四］明州本、潭州本、金州本、毛鈔、錢鈔「馹」字作「馹」。顧校、莫校同。

［一五］方校：「案：『䋖』見《詩・召旻》箋釋文。『衛』當从《韻會》作『衛』。」

［一六］明州本、潭州本、金州本、毛鈔、錢鈔注「絲」字作「絲」。顧校、龐校同。

［一七］方校：「案：『竿』譌『竽』，據《説文》正。」按：明州本、潭州本、金州本、毛鈔、錢鈔注「竽」字正作作「竿」。韓校、陳校、龐校、錢校同。

［一八］方校：「案：『衛』當作『衛』。二徐本及《類篇》作『衛』，非。」

［一九］陳校：「《玉篇》作『徫』。」

［二〇］吕校：「宜作『从』。」方校：「案：『从』譌『作』，據《類篇》正。」按：明州本、潭州本、金州本、毛鈔、錢鈔注「作」字正作「从」。龐校、錢校同。

［二一］方校：「案：『悉』入《説文・釆部》，古文大徐本作『[illegible]』，小徐本作『[illegible]』，此从小徐，但結體稍乖耳。字參隸體當作『悤』，《類篇》从大徐而作『悤』，亦誤。」

［二二］方校：「案：『作』譌『从』，據《類篇》正。」按：明州本、毛鈔、錢鈔注「从」字正作「作」。錢校同。馬校：「『作』，局誤『从』。」

［二三］陳校：「从卪。」方校：「案：『䣛』、『膝』譌从阝，據《説文》、《類篇》正。後放此。」按：明州本、毛鈔、錢鈔「䣛」、「膝」正作「䣛」、「膝」，「卩」作「卪」。龐校、錢振常校同。莫校「䣛」改「䣛」，云：「下同，不重出。」馬校：「凡䣛聲，宋皆从卪，局誤卩，俗。」

［二四］方校：「案：『蝨』下奪『名』字，據《類篇》、《韻會》增。」

［二五］顧校「博」作「博」。

［二六］方校：「『𧛔』从束，不从朿。王氏以曹憲音七益切訂正。」按：明州本、錢鈔注「𧛔」字正作「𧛔」。龐校同

［二七］方校：「案：《廣雅》『𧝀』只作『膝』，此从衣，誤。」

［二八］方校：「案：『皿』當从《類篇》作『悉』。」陳準校記：「稿本『悉』下有『言方音如此也』六字。」按：明州本、潭州本、金

［二九］州本、毛鈔、錢鈔注「皿」字作「四」。陳校、龐校、錢振常校同。馬校：「下『四』，局作『皿』。」

［三〇］方校：「案：『窸』譌从宀，據《廣韻》正。」按：明州本、毛鈔、錢鈔「悉」字正作「窸」。陳校、龐校、錢校同。

［三一］明州本、錢鈔注「正」字作「三」。錢校同。

［三二］方校：「案：『衮』譌『衷』，據二徐本正。」按：毛鈔作「衮」。余校、顧校、陸校、莫校同。馬校：「『衮』，局誤『衷』。」又明州本、錢鈔注「出」下無「也」字。龐校同。

［三三］余校「木」下補「汁」字。方校：「案：『木』下奪『汁』字，據二徐本補。」

［三四］方校：「案：『漆』、『榔』、『菾』、『㓝』、『鵣』、『鯐』等字偏旁譌从『来』，今並訂正。」按：明州本、潭州本、金州本、毛鈔、錢鈔「漆」字作「漆」。顧校、錢校同。

［三五］明州本、錢鈔注脱「東」字。錢校：「宋本空一格，無『東』字。」

［三六］明州本、錢鈔「榔」字作「榔」。

［三七］明州本、錢鈔「菾」字作「菾」。錢校同。

［三八］明州本、錢鈔「㓝」字作「㓝」。錢校同。按：當作「㓝」。

［三九］按：「鵣」字當作「鵣」。

［四〇］方校：「案：『叱』譌『叱』，據《齊物論》正。」

［四一］明州本、錢鈔「鯐」字作「鯐」。

［四二］陳校：「从七不从七。」

［四三］明州本、錢鈔注「灑」字作「麗」。馬校：「『麗』，局作『灑』。」

［四四］吕校：「《方言》：『有文者謂之蜻，其雌者謂之尐。』」按：《方言》第十一重「蜻」字。

吕校：「『蛆』上有『蝍』字。」丁校據《爾雅》加「蝍」字。方校：「案：『蛆』上脱『蝍』字，據《爾雅·釋蟲》增。郭注『似蝗而大腹，長角』，非謂蝍蛆大於蝗也。此失其讀。」

［四五］方校：「案：《廣雅·釋詁四》：『爩，炪也』。『熴，煴也』。此并爲一談，非是。」

［四六］明州本、潭州本、金州本、毛鈔、錢鈔注「聖」字作「垔」。汪校、陳校、顧校、陸校、龐校、錢氏父子校同。馬校：「『聖』，局誤『聖』。」方校：「案：『垔』譌『聖』，據宋本及《類篇》正。」

［四七］明州本、毛鈔、錢鈔「𦨬」字作「租」。錢校同。龐校：「宋誤。」方校：「案：宋本『𦨬』作『租』，誤。」

［四八］陳校：「『宔』當作『宅』，音摘，見《篇》、《韻》。『宔』同『窋』，或作『宔』。」

［四九］方校：「案：『濺』譌『賤』，據《類篇》正。」按：明州本、錢鈔注「賤」字作「濺」。丁校、龐校同。

［五〇］此字併注明州本、錢鈔在「蝍」上「蠘」下。陸校、馬校、龐校、錢振常校同。

［五一］方校：「案：『卄』當作『廿』。『㽱』譌『𤸱』，注又譌『𤸱』。『瘊』譌『瘊』，宋本並譌『瘊』，據《説文》及楊信文《增廣鍾鼎篆韻》正。」按：明州本、毛鈔、錢鈔「卄」作「廿」。韓校、陸校同。又明州本、潭州本、金州本、毛鈔、錢鈔「𤸱」字作「𤸱」，注同。段校、韓校、陳校、陸校、龐校、錢氏父子校同。又明州本、毛鈔、錢鈔「瘊」字作「瘊」。韓校、錢氏父子校同。

［五二］方校：「案：作『侯』與正文無異，《廣韻》『㑋』亦訓毒，今據正。」按：明州本、金州本、毛鈔、錢鈔注「侯」字正作「㑋」。陳校、顧校、陸校、龐校、錢氏父子校同。馬校：「『㑋』，局誤『侯』。」

［五三］陳校：「『闗』，《爾雅》作『閈』。」方校：「案：『閈』譌『闗』，據《爾雅·釋宫》正。」按：明州本、錢鈔注「闗」字正作「閈」。段校、龐校、錢氏父子校同。

［五四］明州本、錢鈔注「枅」字作「杬」。龐校、錢氏父子校同。

［五五］丁校據《廣韻》作「㗋」。方校：「案：『㗋』譌『疾』，據《廣韻》、《類篇》正。」按：明州本、潭州本、金州本、錢鈔注「疾」字正作「㗋」。錢校同。

［五六］方校：「案：『華』譌『華』，據《説文》、《廣韻》正。」按：明州本、毛鈔、錢鈔「華」字作「華」。段校、陳校、龐校、錢校同。

［五七］方校：「案：『畢』譌『畢』，『華』譌『華』，據二徐本正。『冈』當从《韻會》作『网』。」按：明州本「華」作「華」。又，明

州本、金州本、毛鈔、錢鈔注「冈」字作「网」。陳校、陸校、龐校、錢氏父子校同。馬校：「局作『冈』，不成字。」潭州本作「罓」，亦誤。

［五八］段校「灩」作「𤅊」。馬校：「从水非也，宋亦誤，注同。」方校：「案：『𤅊』譌加氵，據二徐本正。」

［五九］方校：「案：『燁』下奪『燚』字，據二徐本補。」

［六〇］丁校據《説文》改「日」。方校：「案：『日』譌『曰』，據二徐本正。《類篇》『日』字誤奪。」按：明州本、潭州本、金州本、毛鈔、錢鈔注上一「曰」字作「日」。余校、段校、陳校、龐校、錢氏父子校同。馬校：「『日』，局誤『曰』。」

［六一］明州本、錢鈔注脱「上」字，非。潭州本、金州本、毛鈔俱有「上」字，與《説文》合。錢校：「宋本脱『上』字。」

［六二］明州本、錢鈔注「道名」作「通从」。龐校同。舛譌不可讀，非是。潭州本、金州本、毛鈔注作「道名」。《爾雅·釋丘》：「畢，堂牆。」郭注：「今終南山道名。畢，其邊若堂之牆。」釋文：「『畢』，本又作『嶧』，卑吉反。」是其證。

［六三］方校：「案：『穫』譌『穫』，據《類篇》正。」按：明州本、潭州本、金州本、毛鈔、錢鈔注「穫」字正作「穫」。陳校、陸校、龐校、錢氏父子校同。馬校：「『穫』，局誤『穫』。」

［六四］明州本、潭州本、金州本、毛鈔、錢鈔注「敬」字作「茍」。顧校同。

［六五］方校：「案：『鵯』譌『鵯』，據《爾雅·釋鳥》正。釋文：『鵯音匹。』」按：明州本、潭州本、金州本、毛鈔、錢鈔注「鵯」字正作「鵯」。陳校、顧校、龐校、錢氏父子校同。

［六六］方校：「案：《釋鳥》『鴚』作『𪇰』。」

［六七］明州本、毛鈔注「簙」字作「簙」。余校同。

［六八］明州本、潭州本、金州本、錢鈔「邲」字作「卹」，注同。龐校、錢氏父子校同。按：「卹」在《説文·卩部》，宋本是也。

［六九］明州本、毛鈔、錢鈔「佖」字作「怭」。段校：「宋本作『怭』，誤。」

［七〇］丁校據《廣韻》作「醬」。方校：「案：『揄醬』譌『揄腊』，據《類篇》正。」按：明州本、毛鈔、錢鈔注「揄腊」作「揄醬」。陳校、龐校、錢氏父子校同。馬校：「局誤『揄腊』。」

［七一］方校：「案：『秫』見《玉篇》，禾香也。此作『秫』，誤。」按：明州本、毛鈔、錢鈔「秫」字作「秫」，注同。陳校、馬校、龐校、莫校、錢氏父子校同。

［七二］顧校注「刺」作「刺」。

［七三］方校：「案：『拭』，二徐本作『械』，非，段氏據此及《廣韻》、《類篇》正。」

［七四］方校：「案：『瞎』，《類篇》同，《廣韻》作『瞌』。」

［七五］方校：「案：《説文》『飲』，大徐作『歙』，此从小徐。」

［七六］方校：「案：《類篇》『滵』作『潌』，似誤。」

［七七］丁校據《類篇》作「泥」。按：明州本、潭州本、金州本、毛鈔、錢鈔注「泥」字正作「泥」。汪校、陳校、龐校、錢氏父子校同。方校：「案：『洼』譌『注』，『泥』譌『泥』，據宋本及《類篇》正。」

［七八］馬校：「『二』，宋誤。局作『三』。」按：蒙所見毛鈔不作「二」。

［七九］顧校「剌」作「剌」。按：《廣韻》：「揤，《方言》剌也。亦作『揤』。」顧校是。

［八〇］方校：「案：『宓』，《韻會》作『密』，當从之。『狘』當从《類篇》作『攸』。『佛』下引《説文》云云，字當作『丿』，《説文》十二篇部首篆作『乀』，大徐本補音於小切，小徐本朱翺依必反，段氏據此及《類篇》增云：房密切，又匹蔑切。」按：潭州本、金州本、毛鈔「狘」字作「狘」，注同。顧校、陸校、龐校、錢氏父子校同。又明州本、潭州本、金州本、毛鈔、錢鈔「邲」字作「卹」，注同。陳校、顧校、龐校、錢氏父子校同。又明州本、錢鈔注「从」字作「以」。龐校、錢振常校同。

［八一］方校：「案：『䬰』當作『䬰』。」按：潭州本、金州本、毛鈔注「䬰」字作「䬰」。陳校同。吕校：「多、。」馬校：「『䬰』，局誤从犬。」

［八二］方校：「案：『肸』譌『肝』，據《廣韻》正。《類篇》『胇』下注『腳大皃』，『胈』下注『腳肸大皃』，與此不同。」按：金州本、毛鈔注「肝」字正作「肸」。明州本、錢鈔「胇肝」作「腳肸」。錢校同。

［八三］馬校：「案：『𥄎』，《廣韻》作『𥄎』，今俗又作『覓』，皆因不見義滋出之字。《説文》：『𥄎，不見也。』段注：『不見當作

不日。」」方校：「案：『杳』見《説文》七篇《日部》，俗作『覔』、『冐』，《廣韻》从目作『冐』，俗作『覓』。」

[八四] 方校：「案：『座』，《志》从广，與注文同。」按：《志》指《漢書・地理志》。从注「座」字作「座」。陳校、錢振常校同。

[八五] 方校：「案：『盩』譌『盭』，據《前漢・地理志》正。」

[八六] 陳校从「爪」。按：明州本、毛鈔、錢鈔「瓝」字正作「瓟」，注同。陸校、龐校、錢氏父子校同。某氏校：「《類篇》入《爪部》，不从瓜。」

[八七] 明州本、潭州本、金州本、毛鈔、錢鈔注「牴」字作「抵」。韓校、陳校、陸校、龐校、錢氏父子校同。馬校：「『抵』从扌，局誤从牛。」

[八八] 方校：「案：『鍟』从㞷，不从𡈼，『㞷』即古文『至』字，《類篇》亦誤。」按：明州本、毛鈔、錢鈔「鍟」字作「鍟」。龐校、錢振常校同。

[八九] 毛鈔注「軌」字作「軌」。顧校同。

[九〇] 陸校注「抶」字作「抶」。

[九一] 明州本、錢鈔注「仡」字作「作」。龐校、錢振常校同。誤。潭州本、金州本、毛鈔作「仡」。慧琳《音義》卷九十六引《考聲》：「佂仡，不前也。」是也。

[九二] 方校：「案：『蛭』上奪『蛭』字，據《爾雅・釋蟲》補。」按：毛鈔「蛭」上有「蛭」字。段校、陳校、陸校、莫校同。馬校：「注中『蛭』字局脱。」

[九三] 顧校作「互」。丁校同。按：明州本、潭州本、金州本、毛鈔、錢鈔注「玄」字作「玄」。韓校、陳校、陸校、龐校、錢氏父子校同。方校：「案：『互』譌『玄』，據宋本及《類篇》正。《類篇》『却』作『卻』。」

[九四] 方校：「案：『驅』譌『驅』，據《莊子・達生篇》正。『驅』，勑引反，徐勑一反。《類篇》作『驅』，亦誤。」

[九五] 明州本、潭州本、金州本、毛鈔、錢鈔注「第」字作「弟」。龐校、錢振常校同。方校：「案：『弟』譌『第』，據宋本及《説文》正。」

[九六] 陳校：「『戴』从大作『戴』，見《説文》。」方校：「案：《説文》从大，𢦏聲。讀若《詩》『戴戴大猷』。『趨』字从之。此作『戴』，下文『趨』作『趨』，竝誤。」

[九七] 陳校作「藉」。呂校：「《爾雅》作『藉』。」丁校：「『著』，《爾雅・釋草》作『藉』，此从《釋木》。」方校：「案：《爾雅・釋艸》及《類篇》『著』作『藉』，此本《釋木》。」

[九八] 明州本、毛鈔、錢鈔注「繫」字作「擊」。陳校、陸校、龐校、錢氏父子校同。按：前陟栗切「抶」字注正作「擊」，與《類篇》一致。

[九九] 方校：「案：此見卷六《海外南經》，舊本竝同，畢校改『戴』。」

[一〇〇] 陳校：「『袟』同『袠』。」按：劒衣乃「袟」字之誤。

[一〇一] 方校：「案：『薊』譌『劃』，據《漢書・司馬相如傳・上林賦》正。」按：明州本、毛鈔、錢鈔注「劃」字正作「薊」。龐校、錢氏父子校同。

[一〇二] 方校：「案：『鷩』譌『鷩』，據前文必紐正。《類篇》作『鷩』，俗。」按：明州本、潭州本、金州本、毛鈔、錢鈔注「鷩」字作「鷩」。陳校、龐校、錢氏父子校同。

[一〇三] 陳校：「『勆』，《篇海》从刀，剕也。《玉篇》亦从刀，同『剕』。」

[一〇四] 方校：「案：『稻』譌『稻』，據《類篇》正。」按：明州本、毛鈔、錢鈔注「稻」字正作「稻」。陳校、顧校、錢氏父子校同。

[一〇五] 丁校：「《類篇》作『蚩』。」方校：「案：『蚩』譌『蚩』，據《類篇》正。」按：明州本、潭州本、金州本、毛鈔注「蚩」字正作「蚩」。顧校、龐校、錢氏父子校同。錢鈔注作「蝱」。

[一〇六] 按：「逸」字當作「逸」。

[一〇七] 明州本、毛鈔「𨒪」字作「𨒪」。顧校、龐校、錢校同。錢鈔作「𨒪」。陳校：「『𨒪』，古『逸』字。《爾雅》：『逸，過也。』」

[一〇八] 陳校：「从曰，从欠。」方校：「案：『吹』从曰不从日，據二徐本正。」按：明州本、毛鈔、錢鈔「吹」字正作「吹」。段

校、陳校、陸校同。

［一〇九］方校：「案：此亦新坿字。」

［一一〇］方校：「案：『穴』譌『宂』，據《玉篇》正。」按：金州本、毛鈔注「宂」字正作「穴」。龐校、錢氏父子校同。

［一一一］方校：「案：『升』譌『外』，下『鎰』注同，據《儀禮・喪服傳》注正。」按：明州本、毛鈔、錢鈔注「外」字正作「升」。段校、汪校、陸校、馬校、龐校、錢氏父子校同。潭州本、金州本作「外」。

［一一二］方校：「案：《史記・平準書》孟康注、《漢書・張良傳》服虔注竝云：『二十兩爲鎰。』此本《晉語》賈注、《文選・吴都賦》劉注。」按：明州本、毛鈔、錢鈔注「外」字作「升」。段校、汪校、陳校、陸校、馬校、龐校、錢氏父子校同。潭州本、金州本作「外」。

［一一三］明州本、毛鈔、錢鈔「㚈」字作「𡛟」。陳校、錢振常校同。注不誤。吕校：「遺丿。」

［一一四］陳校：「『浸』，《類篇》作『漫』。」

［一一五］方校：「案：『老而愈洫』句，係《莊子・齊物論》『以言其老洫也』郭注，此誤以郭注爲正文。」

［一一六］方校：「案：《廣雅・釋詁一》『媐』作『娭』，下有『娙』字。」按：明州本、潭州本、金州本、毛鈔、錢鈔注「媐」字正作「娭」。陳校、陸校、龐校同。馬校：「『娭』，局誤『媐』。」

［一一七］陳校：「《廣雅》作『逸』，無竹頭。」方校：「案：『箷』，《廣雅・釋詁四》只作『逸』。」

［一一八］方校：「案：《類篇》、《韻會》『閴』竝作『闃』。」按：明州本、毛鈔、錢鈔注「閴」字作「闃」。龐校、錢氏父子校同。

馬校：「『閴』當作『闃』，宋亦誤。」

［一一九］明州本、潭州本、錢鈔注「博」字作「愽」。顧校同。見《釋詁一》。

［一二〇］馬校：「局作『怙』。宋作『怗』，誤。」

［一二一］明州本、錢鈔無注中「趌」字。龐校同。錢校：「宋本脱『趌』字。」按：潭州本、金州本有。與《説文》同。

［一二二］明州本、錢鈔注「蚰」字作「蚀」。錢氏父子校同。按：潭州本、金州本作「蚰」。與《説文》同。

［一二三］明州本、毛鈔、錢鈔注「著」字作「箸」。顧校、陸校、錢校同。馬校：「『箸』，局作『著』，古今字。」

［一二四］方校：「案：『孑孓』譌『孑孑』，據《廣雅・釋詁二》正。『孓』音厥。」按：明州本、毛鈔、錢鈔注下「孑」字正作「孓」。顧校、馬校、錢校同。

［一二五］吕校：「《類篇》作『黑』。」丁校據《類篇》改「黑」。方校：「案：『黑』譌『㬎』，據《類篇》正。」按：明州本、毛鈔、錢鈔注「㬎」正作「黑」。陳校、龐校、錢氏父子校同。

［一二六］方校：「案：『古』譌『或』，據《説文》、《類篇》正。」

［一二七］按：明州本、毛鈔、錢鈔注「一」字作「壹」。龐校、錢氏父子校同。與《説文》合。

［一二八］方校：「案：《説文》篆作『𡕾』，此失收。」

［一二九］吕校：「宜作『㱟』。」丁校據《玉篇》改「㱟」。方校：「案：『㱟』譌『厥』，據《玉篇》、《類篇》正。」按：明州本、毛鈔、錢鈔注「厥」字正作「㱟」。陳校、龐校、錢氏父子校同。

［一三〇］吕校：「宜作『鑾』。」丁校據《廣韻》改「鑾」，云：「《説文》『鑾』字當連上本文『肸』字爲讀。」方校：「案：『饗』，《類篇》同，《玉篇》作『嚮』，二徐本作『響』，竝誤，今據《廣韻》及《文選・上林》、《甘泉》二賦注改。『鑾』上無『肸』字，亦讀連篆文之一證。」

［一三一］丁校據《類篇》改「吴」。方校：「案：『吴』譌『具』，據《三國志》正。」按：明州本、潭州本、金州本、毛鈔、錢鈔注「具」字正作「吴」。

［一三二］余校作「巨乙」。丁校據《類篇》改「又」爲「乙」。方校：「案：『乙』譌『又』，據《類篇》正。」按：明州本、潭州本、金州本、毛鈔、錢鈔注「又」字正作「乙」。汪校、陳校、顧校、陸校、龐校、錢氏父子校同。

［一三三］方校：「案：『仡』譌『仡』，據《説文》正。《類篇》作『仡』，同。」按：明州本、潭州本、金州本、毛鈔、錢鈔「仡」字正作「仡」。段校、馬校、龐校、錢氏父子校同。

［一三四］段校作「冤」。丁校據《説文》改「冤」。黄彭年校：「吕校：《説文》作『冤』。彭年案：當作『冤』。」方校：「案：

『冤』譌『寃』，據二徐本正。」

［一三五］ 方校：「案：『輾』，小徐本及《類篇》同。毛刻作『輾』，非。」按：明州本、毛鈔、錢鈔注「輾」字作「輾」。龐校、錢氏父子校同。

［一三六］ 丁校據《吴都賦》改「聱」。方校：「案：『聱』譌『聲』，《廣韻》又譌爲『聱』，據《類篇》及《文選・吴都賦》注引《倉頡篇》正。」按：明州本、錢鈔注「聲」字正作「聱」。段校、陸校、馬校、龐校、莫校、錢氏父子校同。

［一三七］ 陳校：「『胐』，《廣韻》作『聉』，从耳。」陸校作「聉」。馬校：「『胐』當从耳作『聉』，宋亦誤。」莫校：「宋誤从月。」

［一三八］ 陳校：「『舭』作『舵』，同。見魚乙切。《玉篇》作『舵』。」

［一三九］ 陳校：「从中、辥。」方校：「案：『辥』譌『辥』，據《廣韻》正。『斷』當作『斷』。」按：潭州本、金州本、毛鈔「辥」字作「辥」。龐校、錢振常校同。

［一四〇］ 按：《說文》見《土部》，「皃」作「也」。

［一四一］ 方校：「案：《說文》作『凷』，小徐本从巛，卣省聲，大徐說同，此不省，非是。」

［一四二］ 方校：「案：『劮』譌『劮』，據《廣韻》正。」

［一四三］ 方校：「案：『鼿』，當从《易・睽》六三作『鼿』。《類篇》則右『臬』左『危』。」按：明州本、毛鈔、錢鈔「鼿」字正作「鼿」。余校、龐校、錢振常校同。吕校：「宜作『鼿』。」金州本作「鼿」，似爲壞字。

［一四四］ 明州本、潭州本、金州本、錢鈔注「山小」作「小山」。龐校同。是。《玉篇・土部》：「埠，魚佶切。小山也。」

［一四五］ 段校「颵」作「颵」。馬校、莫校同。方校：「案：『颵』譌『颵』，據《篇》、《韻》正。字从『曰』得聲也。」

［一四六］ 方校：「案：《廣雅・釋詁三》奪，王氏據此及《類篇》補。」

［一四七］ 方校：「案：『眜』譌『眜』，據《類篇》及《五音集韻》正，後裔紐同。」按：明州本、毛鈔、錢鈔「眜」字正作「眜」。陳校、顧校、莫校、錢氏父子校同。馬校：「『眜』，局从木，少點，下休必切同誤。」

［一四八］ 方校：「案：『汩』譌『汩』，據《說文》正。又《說文》『𡿨』訓水流，『汩』訓治水。」按：明州本、潭州本、金州本、毛鈔、錢鈔注「汩」字正作「汩」。陳校、陸校、馬校同。

［一四九］ 丁校據《說文》「水」下增「流」字。

［一五〇］ 方校：「案：『蛗』譌『蛗』，注又譌『蛇』，據《類篇》正。」按：明州本、毛鈔、錢鈔「蛗」字正作「蛗」，注「蛇」字亦作「蛗」。段校、陳校、陸校、馬校、龐校、錢氏父子校同。又下《月韻》王伐切「蛗」注「蟹」下有「而小」二字。

［一五一］ 明州本、錢鈔注「火」字作「欠」。龐校、錢校同。按：《廣雅》見《釋訓》，曹音許一反，與「火」同在曉紐，作「欠」誤。

［一五二］ 明州本、潭州本、金州本、錢鈔「䢴」字作「䢴」。余校、錢校同。按：去聲《夳韻》都外切「䢴」字同。

［一五三］ 方校：「案：『从』譌『作』，據《類篇》正。」按：明州本、潭州本、金州本、錢鈔「作」字正作「从」。錢校同。丁校注「匿」改「暱」。

［一五四］ 陳校：「『㶚』入《術韻》，飛去皃。」馬校：「凡从『戌』之字皆如是。局俱誤『戌』。」某氏校：「『㶚』、『眜』、『怴』、『颮』等字《廣韻》許聿切，入《六術》韻。又：从『戌』者中含一，不宜加點。」

［一五五］ 方校：「案：《公羊・桓五年傳》注訓狂，《廣雅・釋詁二》訓怒，字皆从心作『怴』。本書下文又出『怴』字，訓狂。《六書通》云：怒與狂皆釋怴義，非烕義。《廣韻》及《經籍籑詁》『怴』作『怴』，亦誤。」

［一五六］ 陳校：「『眜』入《術韻》。」按：《玉篇・目部》：「瞲，呼聿切。目深皃，又呼決切。」「䀏」、「眜」，並同上。「眜」字當作「眜」。

［一五七］ 方校：「案：《廣雅・釋詁四》作『㽞』。」

［一五八］ 陳校：「『颮』作『颮』。入《術韻》。」

［一五九］ 衛校：「『據《易・睽卦》，此字當作『天』，不作『夭』。」方校：「案：《睽》六三『夭』作『天』，釋文諸家無作『夭』者。『鼿』本作『劓』，王肅作『鼿』。」

［一六〇］ 方校：「案：『丈』譌『大』，據《類篇》正。」

［一六一］ 陳校：「『𪐴』、『𪑙』二字《廣韻》入《六術》。」

[一六二] 段校：「《術韻》从『咼』。」按：《玉篇・叕部》、《廣韻・術韻》俱从「𦥑」。

六術

[一] 方校：「案：『技』譌『技』，據《類篇》正。」按：毛鈔注「技」字正作「技」。龐校、錢振常校同。

[二] 方校：「案：『州』下奪『浸』字，據大徐本補，小徐本『浸』作『濅』。」

[三] 方校：「案：『沭』訓披，《類篇》『披』作『技』，均未詳。」按：明州本、毛鈔注「披」字作「技」。陸校、馬校、莫校、錢氏父子校同。

[四] 丁校據《説文》作「齛」。方校：「案：『齛』譌『齜』，據二徐本正。」

[五] 陳校从「朮」。方校：「案：『趃』譌『越』，據《玉篇》、《類篇》正。」按：明州本、毛鈔注、錢鈔「趃」字作「䞙」。龐校、錢氏父子校同。

[六] 方校：「案：『蝗』當从《説文》作『蟥』。」按：下允律切「蟜」字注正作「蟥」。

[七] 明州本、潭州本、金州本注「軌」字作「軏」。顧校同。

[八] 明州本、錢鈔注「鵐」字作「鵐」。錢振常校同。誤。潭州本、金州本、毛鈔作「鵐」，不誤。

[九] 方校：「案：『達』譌『遠』，下奪『也』字，據二徐本補正。」

[一〇] 段校「邮」作「卹」。馬校同。方校：「案：『卹』譌『邮』，《廣韻》同，據《説文》正。」

[一一] 陳校：「『訹』，《廣韻》作『譎』。」

[一二] 明州本、錢鈔「戌」字作「戍」。龐校、錢氏父子校同。誤。潭州本、金州本、毛鈔作「戌」。

[一三] 方校：「案：『含』譌『舍』，據《説文》正。」按：明州本、毛鈔、錢鈔注「舍」字正作「含」。余校、陳校、馬校、龐校、錢氏父子校同。

[一四] 莫校作「烕」。

[一五] 余校作「凱」。

[一六] 余校作「鄛」。陳校：「『隟』，《廣韻》作『鄛』，从邑。」

[一七] 段校作「顙」。陸校、莫校同。馬校：「當作『顙』，宋亦誤。」

[一八] 明州本、錢鈔注「鷄」字作「雞」。錢氏父子校同。

[一九] 明州本、潭州本、金州本、錢鈔注「鵠」字作「殻」。顧校、陸校、龐校、錢氏父子校同。馬校：「『殻』，局誤『鵠』，《五質》側律切作『殻』。」莫校「鳥」改「殳」。

[二〇] 方校：「案：『猝』譌『猝』，據《説文》及本文正。」按：明州本、毛鈔、錢鈔注「猝」字正作「猝」。余校、陳校、錢振常校同。

[二一] 段校「鰷」改「鯈」。丁校、莫校同。陳校：「从魚，不从黑。」馬校：「當从魚作『鯈』，宋亦誤。」方校：「案：『鯈』譌『鰷』，據《廣韻》及王本《廣雅・釋魚》正。」

[二二] 按：《方言》見第三，「周」當作「同」，《類篇》亦誤。

[二三] 明州本、錢鈔注「宋」字作「床」。錢氏父子校同。誤。潭州本、金州本、毛鈔作「宋」，不誤。

[二四] 丁校據《廣雅》作「踼」。方校：「案：『踼』譌『蹋』，據《廣韻》、《類篇》正。」按：明州本、潭州本、金州本、毛鈔、錢鈔注「蹋」字正作「踼」。余校、陳校、龐校、錢振常校同。

[二五] 方校：「案：《廣雅・釋詁三》未見。」按：《廣雅・釋詁三》：「批、搖、嶢、摵、掮，捽也。」王念孫疏證：「《説文》：捽，持頭髮也。」

[二六] 方校：「案：此見卷十五《大荒南經》，郭注黜、惕兩音。」

[二七] 方校：「案：《爾雅・釋詁》、《釋言》皆無，惟《廣雅・釋詁四》訓與此同，『爾』當作『廣』。」

[二八] 陳校：「汲古閣《説文》：『五指持也。』」方校：「案：『捋』，宋本、李燾本、《類篇》同，二徐本作『持』，段氏依本書《十三末》改『寽』。」

[二九] 方校：「案：王褒《洞簫賦》：『馳散渙以逫律。』注：『逫律，出遲也。』字止作『律』，亦不訓行不美。今姑依《類篇》改『建』。」按：明州本、潭州本、金州本、毛鈔、錢鈔「建」字作「建」。余校、顧校、陸校、龐校、錢氏父子校同。馬校：「『建』，局作『建』，注同。允律切同誤。」

[三〇] 方校：「案：『吹』譌从日，據《説文》正。」按：潭州本、金州本「吹」作「吹」。段校、陸校同。陳校：「从『子曰』之『曰』，不从『日』。」

[三一] 《廣韻》作「飆」，音訓同。

[三二] 《玉篇·火部》無「光」字。《廣韻》無「㒳」字。

[三三] 方校：「案：『从臼』譌『作臼』，據本文正。」按：明州本、潭州本、金州本、毛鈔、錢鈔注「作臼」正作「从臼」。顧校、龐校、錢氏父子校同。馬校：「『从』不誤，局作『作』。」

[三四] 余校「披」作「彼」。方校：「案：『鴆彼』譌『鴆披』，據小徐本正，大徐本正文及注並作『駇』。」按：明州本、潭州本、金州本、毛鈔、錢鈔注「鴆披」作「駇彼」。陳校、龐校、錢振常校同。

[三五] 某氏校：「《吕氏春秋·明理篇》『傍』作『旁』。」

[三六] 陳校：「从辵。」方校：「案：『建』譌『建』，據《篇》、《韻》正。」按：明州本、潭州本、金州本、毛鈔、錢鈔「建」字正作「建」。余校、龐校、錢振常校同。

[三七] 方校：「案：《爾雅·釋天》作『橘』，陸書不載異文。」

[三八] 方校：「案：《説文》『醬』作『醬』。」

七櫛

[一] 明州本、錢鈔注「側」字作「測」。錢校同。

[二] 方校：「案：『比』譌『叱』，據二徐本正。」按：明州本、毛鈔、錢鈔注「叱」字正作「比」。段校、陳校、陸校、龐校、錢氏父子校同。馬校：「『比』，局誤『叱』。」

[三] 明州本、潭州本、毛鈔注「汩」字作「汨」。段校、陳校、陸校同。馬校：「『汨』，局从日，誤。」某氏校：「『汨』當作『汩』。」

[四] 明州本、毛鈔、錢鈔「笫」字作「第」。陳校、顧校、錢氏父子校同。

[五] 明州本、毛鈔、錢鈔「爽」、「爽」作「爽」、「爽」。顧校同。馬校：「凡从『爽』从『六』，局皆从『大』。」

[六] 明州本、潭州本、金州本、毛鈔、錢鈔「邲」字作「邲」。陳校、顧校、龐校、錢振常校同。

[七] 毛鈔注「帶」字作「帶」，下白塗空二格。按：明州本、錢鈔注作「帶」，「如瑟」上有「如帶」。錢校同。按：《説文》作「帶」。無「如帶」兩字。

[八] 明州本、潭州本、金州本、毛鈔、錢鈔注「王」作「玉」。陳校、陸校、錢振常校同。方校：「案：『玉瓚』譌『王瓚』，據宋本及《説文》正。」

[九] 方校：「案：《類篇》下『縰』字作『戅』，誤。」

[一〇] 顧校「刺」作「剌」。錢氏父子校同。

[一一] 丁校：「《廣韻》『剶』字入《五質》。」某氏校：「《廣韻》『剶』、『剚』、『辪』、『諬』等字音初栗切，入《五質》韻。」馬校：「凡从『桼』諸字，皆从木，局皆誤『桼』，从㚒。」方校：「案：『剶』譌『剶』，據《廣雅·釋詁二》正。」按：明州本、錢鈔「剶」字作「剶」。段校、錢校同。

[一二] 陳校作「劈」。方校：「案：『劈』譌『劈』，據《廣韻》正。」

[一三] 陳校：「『剚』，《類篇》作『剚』。」方校：「案：『剚』譌『剚』，據《類篇》正。」按：明州本、錢鈔「剚」字正作「剚」。錢校同。馬校：「『剚』，局作『剚』，注同。」

[一四] 方校：「案：『誎』譌『誎』，據《廣韻》正。」按：明州本、毛鈔、錢鈔「誎」字正作「誎」，注同。龐校、錢振常校同。

[一五] 方校：「案：『沕』，中从七，此譌『沕』，據《類篇》正。」按：明州本、毛鈔、錢鈔「沕」字正作「沕」。陳校、龐校、錢氏父子校同。

[一六] 方校：「案：『嗪』譌『嗪』，注『叱』譌『叱』，據《類篇》正。」按：明州本、毛鈔、錢鈔「嗪」字正作「嗪」。注「叱」字正作「叱」。陳校、龐校、莫校、錢氏父子校同。

八勿

[一] 方校：「案：《韻會》引《説文》『遽』上有『冗』字，二徐本竝無。」

[二] 明州本、潭州本、金州本、毛鈔、錢鈔注「牽」字作「牽」。龐校、錢振常校同。

[三] 方校：「案：『離』譌『雜』，據《方言》六正。」按：《廣韻》亦作「離」。

[四] 方校：「案：『穆』譌『穆』，據《史》、《漢》《賈誼傳》注正。」按：潭州本、金州本、毛鈔注「穆」字作「穆」。錢校同。

[五] 明州本、毛鈔、錢鈔注「瞋」字作「瞑」。馬校同。

[六] 方校：「案：『祓』譌『祓』，『祭』譌『祭』，據二徐本正。」按：明州本、潭州本、金州本、毛鈔「祓」字正作「祓」。余校、陳校、顧校、陸校、龐校同。馬校：「『祓』，局誤从衣。」又明州本、毛鈔、錢鈔注「祭」字正作「祭」。陳校同。

[七] 方校：「案：『形』譌『物』，據二徐本正。」

[八] 按：《爾雅·釋蟲》：「蛂，蟥蛢。」郭注：「甲蟲也。大如虎豆，綠色，今江東呼蟥蛢。」據郭注，「田」爲「甲」字之誤。本韻分物切，去聲《未韻》方未切、《霽韻》大計切「蛂」字注並作「甲」。《屑韻》蒲結切「蛂」字注作「田」，亦誤。

[九] 丁校據《爾雅》「醫」改「翳」。方校：「案：『翳』譌『醫』，據《爾雅·釋詁》郭注正。」按：明州本、潭州本、金州本、毛鈔、錢鈔注「醫」字正作「翳」。陳校、錢氏父子校同。

[一〇] 明州本、潭州本、金州本、毛鈔、錢鈔「叐」字作「叐」。錢氏父子校同。

[一一] 方校：「案：『扞蔽』譌『行敝』，據《方言》二郭注正。」按：方氏誤。劉台拱《方言補校》：「《周禮·司市》：『利者使阜，害者使亡。』後鄭注：『利，利於民，謂物實厚者；害，害於民，謂物行苦者。』《淮南子·繆稱訓》：『周政至，殷政善，夏政行。』高誘注：『行，尚麄也。物以攻緻爲貴，故敝者曰行；物以精細爲貴，故麄者曰行。』行猶敝也，故曰行敝。」

[一二] 余校「乍」作「作」。錢校同。

[一三] 方校：「案：『亞』當从《類篇》作『亞』。」按：明州本、毛鈔「亞」字正作「亞」，注同。余校、段校、陳校、陸校、龐校、錢氏父子校同。馬校：「『亞』，局誤『亞』，注同。」

[一四] 呂校：「『橋』，《説文》作『撟』。」方校：「案：『撟』譌从木，據《説文·丿部》正。」

[一五] 方校：「案：『市』譌『市』，『帶』譌『帶』，據二徐本正。『芇』當作『芇』，後『紼』字當作『紼』。」按：金州本、毛鈔「市」字正作「市」。錢氏父子校同。

[一六] 明州本、毛鈔、錢鈔「㪣」字作「㪣」。馬校：「『㪣』，局作『㪣』。」方校：「案：『㪣』譌『㪣』，據宋本及《説文》正。」

[一七] 方校：「案：『犻』譌从犬，據《廣韻》正。」按：潭州本、金州本、毛鈔注「犻」字正作「犻」。陳校、顧校同。馬校：「注『犻』，局誤从犬。」呂校：「『多點』。」

[一八] 方校：「案：『冶』當作『治』。」按：明州本、潭州本、金州本、毛鈔、錢鈔注「冶」字正作「治」。

[一九] 明州本、毛鈔、錢鈔「芇」字作「芇」。陳校、錢氏父子校同。

[二〇] 明州本、錢鈔注「盛」字作「成」。龐校、錢氏父子校同。

[二一] 方校：「案：『曰』當作『日』。」按：毛鈔注「曰」字正作「日」。陳校、龐校、錢氏父子校同。馬校：「『日』，局誤『曰』。」

[二二] 明州本、毛鈔、錢鈔注「畢」字作「滭」。與《説文》同。陳校、龐校、錢氏父子校同。馬校：「『滭』，局作『畢』。」

[二三] 明州本、毛鈔、錢鈔注「絲」字作「絲」。錢氏父子校同。

[二四] 方校：「案：《韻會》从竹作『笅』，《類篇》與此同。」

[二五] 明州本、潭州本、金州本、毛鈔、錢鈔注「絚」字作「緪」。汪校、陳校、陸校、龐校、錢振常校同。馬校：「局作『絚』，不成字。」

[二六] 按：此《爾雅·釋蟲》「蚊，蟥蛢」郭注語。參見前敷勿切「蚊」字注。

[二七] 某氏校：「『悤』譌『愸』，以注文改。」

[二八] 方校：「案：『瞖』譌『瞖』，據《類篇》正，此字《篇》、《韻》竝作『瞖』。」

[二九] 按：《廣韻》作「烕」，云：「烕，熚烕，鬼火。」《説文》作「𤇾」。」陳校：「『𤇾』作『烕』，誤。」

[三〇] 丁校據《爾雅》注改「俛」。方校：「案：『俛』譌『俛』，據《類篇》及《禮記·中庸》注正。」按：明州本、潭州本、金州本、毛鈔、錢鈔注「俛」字正作「俛」。汪校、陳校、錢氏父子校同。

[三一] 馬校：「『二十二』，局作『二十一』，宋本誤。」按：明州本、毛鈔、錢鈔注作「二十一」，馬所據蓋誤本。

[三二] 丁校據《説文》「遺」改「違」。方校：「案：『違』譌『遺』，據二徐本正。」按：明州本、毛鈔、錢鈔注「遺」字正作「違」。龐校、錢氏父子校同。

[三三] 陳校：「『𣪊』當作『𣪠』。」某氏校：「『𣪊』，《篇》、《韻》同誤。按：字从攴，从𪏮，前文既以『𪏮』爲俗，則此當作『𣪠』。」

九迄

[一] 方校：「案：『䭊』譌『飷』，據注文正。《類篇·食部》此二字竝失收。」按：明州本、潭州本、金州本、毛鈔、錢鈔「飷」字正作「䭊」。陳校、顧校、馬校、莫校同。

[二] 呂校：「宜作『鐢』。」方校：「案：『䊩』當作『鐢』，説已見前。」

[三] 方校：「案：『茵』當作『茴』。汲古閣本《吴志》作『茵』。」按：明州本、毛鈔「茵」字正作「茴」。余校、陳校、顧校、龐校、錢氏父子校同。錢鈔「茵」字作「茵」。

[四] 衛校：「《字林》成書於晉，其時尚無契丹之名。」

[五] 方校：「案：《一切經音義》九作『欱』，同。」按：《説文》作「欽」。

[六] 方校：「案：『潰』譌『漬』，據《類篇》正。」按：明州本、毛鈔、錢鈔注「漬」字正作「潰」。陳校、陸校、龐校、錢氏父子校同。

[七] 馬校：「『冤』，局作『冕』。」莫校同。方校：「案：『冤』譌『冕』，據《説文》正。」

[八] 方校：「案：《史記·倉公傳》作『食飲』。」

[九] 陳校：「『舡』作『舡』，同。見前逆乙切。《玉篇》作『舵』。」

[一〇] 方校：「案：『勜』譌『勜』，據《類篇》正。」按：明州本、錢鈔注「勜」字作「勜」。毛鈔作「勜」。韓校、龐校、錢氏父子校同。

[一一] 丁校：「《廣韻》『颮』、『颰』、『屈』、『亥』、『倔』、『鬱』、『崛』七部俱入《八物》。」某氏校：「『颮』、『颰』、『屈』、『孓』、『倔』、『鬱』、『崛』等同音之字，《廣韻》俱入《八物》。」

［一二］明州本、毛鈔注「王」字作「五」。龐校、錢氏父子校同。誤。「王」在以紐，「五」在疑紐，發音部位、發音方法均不同。

［一三］明州本、潭州本、金州本、毛鈔、錢鈔注「羌」字作「羌」。馬校：「『羌』，局作『羗』，俗。」

［一四］潭州本、金州本、錢鈔注「驚」字作「驚」，缺筆。

［一五］陳校：「《類篇》作『眀』，譌。」

［一六］方校：「案：『峷』譌『峷』，下『𡶫』旁譌『夆』，『𤠯』旁譌『峷』，今竝正。《類篇》作『峯』，尤誤。」按：明州本、金州本、毛鈔、錢鈔注「峷」字作「峷」。顧校、龐校、莫校、錢振常校同。馬校：「當作『峷』，宋亦誤。」

［一七］明州本、金州本、毛鈔、錢鈔「睐」字作「睐」。顧校、龐校、錢氏父子校同。

［一八］方校：「案：王本《廣雅·釋詁二》『曝』作『乾』，又《釋詁四》『㷮，煴也』。王氏云：『㷮』與『㷮』同。此『煨』乃『煴』字之誤。」

［一九］明州本、毛鈔、錢鈔「䍃」字作「䍃」，注同。韓校、馬校、龐校、錢振常校同。方校：「案：宋本『䍃』作『䍃』，亦未詳，據字當从《說文》作『䍃』。」

［二〇］明州本、潭州本、金州本、毛鈔、錢鈔注「說」下有「文」字。余校、陸校、馬校、龐校、莫校、錢氏父子校同。方校：「案：『說』下奪『文』字，據宋本補。」

［二一］方校：「案：『孑孓』譌『子孓』，據《廣雅·釋詁二》正。後《十月》韻同。」按：明州本、毛鈔、錢鈔注「子孓」作「孑孓」。顧校、陸校、龐校、莫校、錢氏父子校同。馬校：「『孑』，局誤『子』。《十月》居月切誤同。」

［二二］顧校注「剌」作「刺」。龐校同。

［二三］方校：「案：『厥』譌『厥』，據《類篇》正，後放此。」按：明州本、毛鈔、錢鈔「厥」字正作「厥」，注同。陳校、顧校、馬校、錢氏父子校同。

［二四］按：《類篇·豕部》注「穴」字作「發」。去聲《焮韻》俱運切、入聲《薛韻》紀劣切「豯」字均訓豕發土，與《類篇》同。入聲《月韻》居月切「豯」字訓豕食發土謂之豯，亦作「發」。此「穴」字疑當作「發」。

［二五］明州本、潭州本、金州本、毛鈔、錢鈔注「杖」字作「杖」。龐校同。

［二六］方校：「案：《廣雅·釋詁二》『䖯』作『踊』，《類篇》同，今據正。」按：明州本、毛鈔、錢鈔「䖯」字正作「踊」。陳校、龐校、錢氏父子校同。

［二七］方校：「案：『屈』當从《類篇》作『屈』，《廣雅·釋詁二》奪，王氏據此及《類篇》補。」按：明州本、金州本、毛鈔、錢鈔「屈」字作「屈」。陳校、顧校、馬校、錢校同。

［二八］方校：「案：『犬』譌『大』，據《類篇》正。」按：明州本、潭州本、金州本、毛鈔、錢鈔注「大」字正作「犬」。余校、陳校、顧校、陸校、錢校同。

［二九］方校：「案：『鬱』當作『鬱』，『丨』當作『十』，百艸貫之『艸』，二徐本作『廾』，當从段本作『廿』，又『臼』譌『臼』，『蕚』譌『華』，竝據二徐本正。」按：明州本、毛鈔、錢鈔「鬱」字正作「鬱」。龐校、錢氏父子校同。「丨」，顧氏重修本已改。又明州本、錢鈔百艸貫之「艸」作「廾」。余校、陸校、龐校、錢氏父子校同。馬校：「『艸』當作『廾』，宋亦誤。」又明州本、錢鈔「臼」作「曰」。龐校：「『臼』宋作『曰』，誤。」

［三〇］毛鈔「㒟」字作「㒟」。余校、韓校同。

［三一］明州本、潭州本、金州本、毛鈔、錢鈔注「㭉」字作「拗」。陳校、陸校、龐校、錢氏父子同。馬校：「『拗』，局从木。」

方校：「案：『拗』譌『㭉』，據宋本及《類篇》正。」

［三二］方校：「案：『𪑤』譌『𪑤』，注『冤』譌『冤』，據《類篇》正。」

［三三］方校：「案：『登』譌『登』，據《類篇》及本文正。」按：明州本、潭州本、金州本、毛鈔、錢鈔注「登」字作「登」。陳校、龐校、錢氏父子校同。馬校：「『登』，局誤『登』。」

［三四］明州本、金州本、毛鈔、錢鈔注「臭」字作「臭」。陳校同。

十月

［一］汪校：「『⊙』武后所造『日』字，『囝』音蹇，閩人謂知生也，此誤。」丁校：「『囸』，《大周梁師亮碑》。」方校：「案：《四庫考證》『囸』譌『囝』，據《大周梁師亮碑》改。」

［二］陳校：「『𨻶』，《說文》作『𨻶』，同。」方校：「案：『𨻶』譌『𨻶』，據大徐本正，小徐本作『隓』。」按：明州本、毛鈔、錢鈔注「𨻶」字正作「𨻶」。段校、馬校、陸校、龐校、莫校、錢氏父子校同。

［三］明州本、毛鈔、錢鈔「戤」字作「戤」。陸校、龐校、錢校同。馬校：「『戤』，局誤『戤』。」方校：「案：『戤』譌『戤』，據二徐本正。《類篇》止作『越』。」

［四］潭州本、金州本、錢鈔注「殷」字作「殷」。顧校同。

［五］方校：「案：『瓛』當作『瓛』，注『鼻』譌『皐』，據二徐本正。」錢振常校「瓛」字作「瓛」。

［六］明州本、潭州本、金州本、毛鈔、錢鈔「粤」字作「粤」，下同。

［七］明州本、毛鈔、錢鈔注「亐」字作「亐」。陳校、錢氏父子校同。

［八］明州本、金州本、毛鈔注「釆」字作「釆」。龐校同。

［九］陳校：「『蚎』作『蚏』，同。」某氏校：「『蚎』《廣韻》作『蚏』，此誤从日，今改。」按：毛鈔「蚎」字作「蚏」，明州本、毛鈔注「蚎」作「蚏」。段校、韓校、莫校、錢校同。馬校：「『蚏』，局皆作『蚎』。」

［一〇］丁校作「蠊」，云：「出《魏書》。」方校：「案：『蠊』譌『蠊』，據《廣韻》、《類篇》正。」按：明州本、毛鈔、錢鈔注「蠊」字正作「蠊」。段校、陳校、陸校、龐校、錢氏父子校同。

［一一］明州本、金州本、毛鈔、錢鈔注「失」字作「夫」。余校、汪校、陳校、龐校同。方校：「案：『緆』字見《玉篇》。『失』當从宋本及《類篇》作『夫』。」潭州本作「夫」，似爲壞字。

［一二］方校：「案：『𣄰』，《古文尚書》皆作『𦣻』，『𠂤』當作『𠂤』，下文『𠂤』字引《說文》訓木本者是也。《玉篇》作『身』。」

［一三］明州本、毛鈔、錢鈔「礮」字作「礮」，注「礐」字作「礐」。陳校、龐校、錢振常校同。

［一四］明州本、潭州本、金州本、毛鈔、錢鈔「乜」字作「𠃊」，明州本、毛鈔、錢鈔注同。余校、段校、韓校、陳校、陸校、馬校、龐校、錢氏父子校同。又明州本、毛鈔、錢鈔注「ㄐ」字作「ㄩ」。段校、陸校、龐校、錢氏父子校同。方校：「案：『𠃊』譌『乜』，注『𠃊ㄩ』譌『乜ㄐ』，『乚』譌『乙』，據宋本及《類篇》正。」

［一五］明州本、毛鈔、錢鈔注上「孑」字作「孑」。陸校、龐校、錢氏父子校同。

［一六］明州本、錢鈔「撅」字作「撅」。錢校同。

［一七］段校「从」作「以」。陳校同。陸校：「『从』作『以』，『把』作『杷』。」馬校：「『从』當作『以』，『把』當从木，宋亦誤。」

［一八］明州本、毛鈔、錢鈔注「臀」字作「臀」。龐校同。潭州本、金州本注「臀」字下空半格，非。

［一九］方校：「案：注『勝』當作『㦖』。」按：明州本、潭州本、金州本、錢鈔注「勝」字作「勵」。顧校、龐校、錢氏父子校同。

馬校：「『勵』，局誤『勝』。」

［二〇］方校：「案：『弋』，《廣韻》、《韻會》引《說文》作『杙』，二徐本及《類篇》與此同。」

［二一］明州本、潭州本、金州本、錢鈔注「橛」字作「橛」。陳校同。

［二二］方校：「案：『白』譌『曰』，據《爾雅・釋鳥》正。」按：明州本、毛鈔注「曰」字正作「白」。陳校、陸校、莫校、錢氏父子校同。馬校：「『白』，局誤『曰』。」

［二三］明州本、金州本、毛鈔、錢鈔「豋」字作「登」。陳校、錢氏父子校同。方校：「案：『豋』當从宋本作『登』。此書从『夗』者皆譌作『死』，當竝正。」馬校：「『登』，《方言》作『𩜶』。」

［二四］方校：「案：『兔』譌『免』，據《禮記・内則》鄭注正。」按：明州本、金州本、錢鈔注「免」字正作「兔」。陸校、錢振常校同。

［二五］丁校據《廣韻》作「訏」。方校：「案：『訏』譌『許』，據《廣韻》、《類篇》正。」按：明州本、潭州本、金州本、毛鈔、錢鈔注「許」字正作「訏」。余校、段校、陳校、陸校、龐校、錢氏父子校同。馬校：「『訏』，局誤『許』。」

［二六］明州本、錢鈔注「葮」字作「葮」。龐校同。

［二七］某氏校：「『紇』、『齕』、『麧』等字，《廣韻》下没切，入《十一没》韻。」

［二八］明州本、錢鈔「齕」字作「齕」。龐校、錢氏父子校同。馬校：「『齕』，局作『齕』。」

［二九］明州本、毛鈔、錢鈔「頜」字作「頜」。陳校、顧校、龐校、錢氏父子校同。馬校：「『頜』，局誤『頜』。」

［三〇］明州本、錢鈔注「骬」字作「骬」。龐校、錢校同。

［三一］丁校據《廣韻》「大」作「犬」，「撿」作「獫」。方校：「案：『犬』譌『大』，『獫』譌『撿』，據二徐本正。」按：明州本、潭州本、金州本、毛鈔、錢鈔注「大」字正作「犬」。余校、陳校、馬校。龐校、錢氏父子校同。又明州本、毛鈔、錢鈔注「撿」字作「獫」。陳校、馬校、龐校、錢氏父子校同。呂校：「宜作『犬』、『獫』。」

［三二］明州本、錢鈔注「地」字作「池」。龐校、錢氏父子校同。

［三三］明州本、潭州本、金州本、毛鈔、錢鈔注「臼」字作「曰」。余校、韓校、陳校、陸校、龐校、錢氏父子校同。馬校：「『曰』，局誤『臼』。」

［三四］明州本、毛鈔、錢鈔注「斥」字作「斥」。錢振常校同。與《説文》合。馬校：「『斥』，局作『斥』，當正。」

［三五］方校：「案：『槃』譌『盤』，『盂』譌『盂』，據王本《廣雅·釋器上》及郭忠恕《佩觿》正。」按：明州本「盂」字作「盂」。陳校、顧校、龐校同。馬校：「宋从干，局作『盂』，从于，注同。」

［三六］明州本注「乜」字作「乜」。陳校、龐校同。

［三七］明州本、錢鈔注「丩」字作「丩」。余校、陳校、龐校同。

［三八］方校：「案：『桀』，二徐本及《類篇》同。《韻會》引《説文》作『桀』，段氏據正。」

［三九］方校：「案：『傷』譌『傷』，據大徐本正，小徐本『傷』下有『熱』字。」按：明州本、金州本、毛鈔、錢鈔注「傷」字正作「傷」。余校、陳校、馬校、龐校、錢氏父子校同。汪校：「疑作『傷』。」按：潭州本作「傷」。

［四〇］方校：「案：『鶪』譌『鶪』，據《類篇》正。」按：明州本、金州本、毛鈔、錢鈔「鶪」字正作「鶪」。陳校、顧校、馬校、龐校、錢氏父子校同。

［四一］明州本、錢鈔注「揭」字作「楬」。龐校、錢振常校同。誤。潭州本、金州本、毛鈔作「揭」。

［四二］方校：「案：『怖』譌『怖』，據《廣韻》正。」

［四三］明州本、錢鈔注「弗」字作「拂」。龐校、錢校同。

［四四］方校：「案：『羅』譌『羅』，據《左·成十年傳》正。」按：明州本、潭州本、金州本、毛鈔、錢鈔注「羅」字正作「羅」。陳校、馬校、龐校、錢氏父子校同。

［四五］方校：「案：『帥』譌『帥』，據《廣韻》正。」按：毛鈔「帥」字正作「帥」。

［四六］丁校據《爾雅》改「葎」。方校：「案：『葎』譌『蕳』，據《爾雅·釋艸》正，《類篇》作『葖』，尤誤。」按：明州本、毛鈔、錢鈔注「蕳」字作「蕳」。段校、馬校、錢校同。

［四七］明州本、錢鈔「巇」字作「巇」。錢校同。

［四八］明州本、毛鈔、錢鈔「儀」字作「儀」。方校：「案：『儀』譌『儀』，據宋本及注文正。」

［四九］方校：「案：《廣雅·釋器上》：『幭、帊、幡、帣、帟，幞也』。『帷、幔、幬、幕，帳也』。俗本『幞』下誤奪『也』字，遂皆以爲帳名。」

［五〇］方校：「案：『與』譌『與』，據二徐本正。」按：明州本、潭州本、金州本、毛鈔、錢鈔注「與」字正作「與」。段校、陳校、陸校、馬校、龐校、錢氏父子校同。

十一没

[一] 明州本、潭州本、金州本、毛鈔、錢鈔「汲」字作「没」。韓校、陳校、陸校、馬校、錢氏父子校同。錢校：「从『殳』者並同。」

[二] 方校：「案：『没』譌『汲』，據宋本及《篇》、《韻》正。《説文》篆作『㲠』。」

[三] 明州本、潭州本、金州本、毛鈔、錢鈔「頞」字作「頞」。陳校。錢校同。馬校：「『頞』，局作『頞』，下烏没切同。」方校：「案：『頞』譌从殳，據宋本及《廣韻》正，後放此。」

[四] 方校：「案：『卹』譌『邺』，『搔』譌『搔』，據《曲禮上》釋文正。」按：明州本、潭州本、金州本、毛鈔、錢鈔注「邺」字正作「卹」。陳校、顧校、龐校同。又明州本、毛鈔、錢鈔注「搔」字作「搔」。余校、陳校、顧校、龐校、莫校、錢氏父子校同。馬校：「『邺』當作『卹』，『搔』局誤『搔』。」

[四] 明州本、錢鈔注「没」字作「没」。莫校、錢校同。

[五] 方校：「案：注『渤』譌『渤』，據《類篇》正。」按：明州本、毛鈔、錢鈔注「渤」字作「渤」。龐校、錢氏父子校同。

[六] 方校：「案：《廣雅・釋詁三》奪，王氏據此及《類篇》補。」

[七] 方校：「案：今本《廣雅・釋器下》『䬃』作『䬃』，并奪『餑』字，王氏據此及《類篇》補正。」

[八] 方校：「案：『䭦』譌『䭦』，據《説文》正。」按：明州本、毛鈔、錢鈔注「䭦」字作「䭦」。陳校、顧校、龐校、錢振常校同。馬校：「『䭦』，局誤『䭦』。」

[九] 方校：「案：『狎』當作『狎』。」按：明州本、毛鈔、錢鈔注「狎」字正作「狎」。陳校同。

[一〇] 方校：「案：『麧』譌从生，據《廣韻》正。」按：明州本注「麧」字正作「麧」。顧校、莫校、錢校同。

[一一] 潭州本、金州本注「䐅䐅」作「䐅䐅」，與正文同。

[一二] 陳校：「見本紐。」

[一三] 明州本、潭州本、金州本、毛鈔注「粲」字作「粲」。陳校、龐校、錢氏父子校同。吕校：「宜作『粲』。《類篇・米部》同。」錢鈔脱去左上「夕」旁，當是壞字。

[一四] 明州本、潭州本、金州本、毛鈔、錢鈔「邺」字作「卹」。韓校、陳校、顧校、莫校、錢氏父子校同。馬校：「『卹』，局作『邺』。」

[一五] 方校：「案：『䫴』譌从貞，據《廣韻》、《類篇》正。」按：明州本、錢鈔「䫴」字作「䫴」。陳校、錢校同。馬校：「『䫴』，局誤『䫴』，注同。」

[一六] 明州本、潭州本、金州本、毛鈔、錢鈔「滓」字作「滓」。馬校、龐校、錢氏父子校同。

[一七] 明州本、錢鈔注「没」字作「没」。錢校同。下同。

[一八] 明州本、錢鈔注「瘍」字作「瘍」。《類篇・疒部》同。

[一九] 陳校：「『卒』，《説文》作『卒』，《爾雅》既也。」

[二〇] 潭州本、金州本、毛鈔注「捽」字作「捽」。韓校、陳校、顧校、龐校、錢氏父子校同。方校：「案：『捽』譌『捽』，據宋本正。」莫校同。明州本、錢鈔从木作「椊」。

[二一] 《類篇・髟部》注無「多」字。

[二二] 方校：「案：『齘』譌『齘』，據二徐本正。」按：明州本、錢鈔注「齘」字正作「齘」。段校、錢校同。馬校：「『齘』，局作『齘』。」

[二三] 丁校據《類篇》「知」作「短」。按：明州本、潭州本、金州本、毛鈔、錢鈔注「知」字正作「短」。段校、陸校、龐校、錢氏父子校同。馬校：「『短』，局誤『知』。」方校：「案：『短』譌『知』，據宋本及《類篇》、《韻會》正。」

[二四] 明州本、潭州本、毛鈔、錢鈔注「昳」字作「昳」。余校、陳校、顧校、陸校、龐校、錢氏父子校同。馬校：「『昳』，局作『昳』。」方校：「案：『昳』，當作『昳』，《説文》：『昳，骨差也。』宋本不誤。」按：《玉篇・肉部》：「朏，一曰昳出也。」

宋本是。

［二五］方校：「案：《篇》、《韻》無『名』字，《類篇》與此同。」

［二六］明州本、錢鈔「葩」字作「葩」。

［二七］方校：「案：『充』、『育』、『棄』之類从『𠫓』，『流』、『疏』、『毓』之類从『㐬』，此作『𠫓』、『㐬』竝誤。古文『子』作『𡿨』。」

［二八］方校：「案：『肆』、『踈』、『也』三字模糊，據宋本及《廣韻》補。《類篇》『前』作『行』。」按：方氏所見曹本如此。顧氏重修本不模糊。

［二九］丁校據《類篇》「志」作「忘」。按：明州本、金州本、毛鈔、錢鈔注「志」字正作「忘」。余校、段校、陳校、陸校、龐校、錢氏父子校同。方校：「案：『忘』譌『志』，據宋本及《類篇》正。」

［三〇］陳校：「『劊』，《類篇》作『劊』。」按：明州本、潭州本、金州本、毛鈔、錢鈔「劊」字正作「劊」。龐校、錢氏父子校同。

［三一］按：「剌」當作「剌」。

［三二］方校：「案：『滑』字模糊，據《類篇》補。」按：顧氏重修本不模糊。

［三三］顧校作「湙」。

［三四］余校「出」上增「暫」字。陳校同。方校：「案：『出』上奪『暫』字，據二徐本增。」

［三五］顧校「堗」作「堗」。按：《廣韻》：「堗，竈堗。《漢書》作『突』，云：『曲突徙薪忘恩澤。』」

［三六］方校：「案：『褌』，《廣雅・釋器上》作『幝』，《類篇》同，今據正。又『襠』下《廣雅》有『者』字。」按：明州本、毛鈔注「褌」字作「褘」，非。潭州本、金州本、毛鈔作「褌」。

［三七］方校：「案：『矢』譌『失』，『祓』譌『祓』，據《類篇》正。」按：明州本、毛鈔、錢鈔「祓」字作「祓」，「祓」字作「祓」，注上「祓」字作「祓」，下「祓」字作「祓」，「失」字作「矢」。龐校、錢氏父子校同。馬校：「『矢』，局誤『失』。」

［三八］明州本、錢鈔「殿」字作「殿」。錢振常校同。

［三九］明州本、潭州本、金州本、毛鈔、錢鈔注「埒」字作「埒」。錢氏父子校同。馬校：「『埒』，宋本誤，局作『埒』。」

［四〇］方校：「案：『捽』譌从木，據《玉篇》正。」按：明州本、潭州本、金州本、毛鈔、錢鈔注「桲」字正作「捽」。陳校同。

［四一］某氏校：「『內』中从入，不从人，凡从『內』者放此。」

［四二］方校：「案：『沒』譌『扢』，《類篇》同，據《廣韻》、《韻會》正。」

［四三］方校：「案：今本《釋訓》未見，王氏據此及《類篇》、《史記・司馬相如傳》索隱補。」

［四四］按：上文下沒切字作「扢」。當據改。

［四五］明州本、錢鈔「扢」字作「扢」。錢校同。馬校：「『扢』，局作『扢』。是。」

［四六］錢鈔注「摩」字作「塺」。誤。他本均作「摩」。

［四七］陳校：「『扣』，从曰。」

［四八］陳校：「从門。从門非。」按：明州本、金州本、毛鈔、錢鈔「閚」字作「閚」。龐校、錢氏父子校同。馬校：「局誤『閚』。」又明州本、潭州本、金州本、毛鈔、錢鈔注「門」字作「門」。韓校、陳校、龐校、錢氏父子校同。馬校：「局誤从門。」方校：「案：『閚』譌『閚』，『門』譌『門』，據宋本及《類篇》正。『佷』當从後文兀紐本字注作『很』。」

［四九］明州本、毛鈔、錢鈔「瞟」字作「瞟」，从耳。余校、陳校、顧校、錢振常校同。方校：「案：『瞟』譌『瞟』，據宋本及《廣韻》正。」

［五〇］方校：「案：『䣊』譌『䣊』，據大徐本正，小徐作『膝』。」按：明州本、毛鈔、錢鈔注「䣊」字作「䣊」。陳校、顧校同。

［五一］馬校：「案：『榾』，《廣韻》云：『果子榾也。』即『核』字，古作『覈』，漢人作『核』，見《周禮注》。《詩》有『殽核維旅』。蔡邕《〈典引〉注》引作『肴覈』，《蜀都賦》作『肴榾』，爲假借字。」

［五二］明州本、潭州本、金州本、毛鈔、錢鈔「睸」字作「睸」。陳校、顧校、陸校、錢校同。方校：「案：『睸』譌从目，據宋本及《廣韻》正。」

［五三］陳校：「『汩』从曰。」按：陳校是。《莊子・達生》：「與齊俱入，與汩偕出，從水之道而不爲私焉。」釋文：「汩，胡忽

反。司馬云：涌波也。」此《集韻》所本。

［五四］方校：「案：《説文》『𠮷』籀作『𠱃』，此作『回』，非是。『从日』當作『从曰』。」

［五五］方校：「案：此見《釋詁四》。《廣韻》呼骨切『㾕』下又出『𤶐』字，注：睡多。當係譌文。」

［五六］明州本、毛鈔、錢鈔「㾕」字作「㾕」。余校、錢振常校同。非是。陳校作「疷」。按：《説文・疒部》：「疷，狂走也。」

［五七］明州本注「冥」字作「冥」。顧校、錢振常校同。

［五八］段校作「冒」。陸校同。馬校：「『冒』，局作『冒』，不成字。」明州本、毛鈔「冒」字作「冒」。方校：「案：『冒』當作『𠮷』，宋本作『冒』，尤誤。」

［五九］明州本、潭州本、金州本、毛鈔、錢鈔注「六」字作「云」。段校、陸校、馬校、龐校、錢振常校同。方校：「案：『義六』宋本作『義云』，《韻會》作『一云』，《説文》作『一曰』，當从《説文》爲是。」

［六〇］明州本、潭州本、金州本、毛鈔、錢鈔注「志」字作「忘」。余校、段校、韓校、陳校、陸校、馬校、龐校、錢氏父子校同。

［六一］方校：「案：『忘』譌『志』，據宋本及《釋名・釋書契》正。」

［六二］方校：「案：『榴』譌『榴』，據《説文》正。《説文》篆作『[illegible]』。」按：明州本、毛鈔、錢鈔「榴」字正作「榴」。余校、陳校、顧校、莫校、錢振常校同。

［六三］陳校：「『縶』，《類篇》作『絜』。」按：明州本、錢鈔注「縶」字作「絜」。龐校、錢振常校同。

［六四］明州本、潭州本、金州本、錢鈔注「縛」字作「縛」。龐校、錢氏父子校同。

［六五］明州本、錢鈔「飄」字，注「飄」字皆作「飄」。錢振常校同。

［六六］方校：「案：《説文》九篇《帬部》：『[illegible]，豕屬。从帬，㕯聲。隸省作「㬥」，此譌「㬥」，今正。』」按：明州本、毛鈔、錢鈔「㬥」字作「㬥」，注同。余校、段校、韓校、龐校、錢氏父子校同。馬校：「『㬥』，局誤『㬥』，注同。」

［六六］陳校从「曰」。

［六七］方校：「案：『𡙇』譌从夲，據小徐本正。」

［六八］明州本、錢鈔注「岀」字作「岀」。錢振常校同。誤。潭州本、金州本、毛鈔注作「岀」。

［六九］陳校：「《博雅》：『勤，仂也。』」方校：「案：今本《廣雅・釋詁四》『勤』字誤在『仂』字上，王氏據此及《類篇》、《一切經音義》一校乙。」

［七〇］方校：「案：『䶭』譌『䶭』，下『䶭』譌『䶭』，竝據《廣韻》正。」按：明州本、錢鈔「䶭」字作「䶭」。誤。

［七一］明州本、錢鈔「䶭」字作「䶭」。龐校、錢氏父子校同。

［七二］明州本注「敓」字作「敓」。錢校同。

［七三］《類篇・手部》「掘」字無此音義，待考。

［七四］方校：「案：『髨』字下譌从几，據二徐本正。」按：明州本、錢鈔「髨」字正作「髨」。龐校、錢氏父子校同。馬校：「『髨』，局誤从几。」

［七五］方校：「案：《廣韻》、《類篇》、《韻會》皆古忽切。『古』、『吉』竝見母。」按：明州本、錢鈔注「吉」字作「古」。段校、陸校、龐校、錢氏父子校同。馬校：「『古』，局誤『吉』，《類篇》古忽切。」按：「古」、「吉」同屬見母。不宜云誤。

［七六］明州本、潭州本、金州本、錢鈔注「𨛫」字作「𨛫」。毛鈔注作「𨛫」。段校同。馬校：「『𨛫』，局作『𨛫』，俗。」

［七七］陳校「汩」作「汩」。按：《楚辭・天問》：「不任汩鴻，師何以尚之。」王注：「汩，治也。」陳校是。

［七八］馬校：「案：《西山經》曰：黑華而不實名曰萅蓉。」郭注引《爾雅》曰：『榮而不實謂之萅。音骨。』傳寫『謂之』下脱一『英』字耳。丁所見未脱『英』字，故此不引《爾雅》作『萅』字。《玉篇》、《廣韻》皆曰『萅不實』，此云『艸名不實』，蓋謂華之不實者名萅，與《篇》、《韻》同，非以『萅』爲艸之名也。」

［七九］方校：「案：見卷二《西山經》，『鰼』作『鰼』。畢氏云：『舊本譌鰼，《廣韻》引此亦作鰼。』愚案：卷四《東山經》自有鰼魚，出子桐山子桐水中，其狀如魚而鳥翼，出入有光。郭音滑。注當引此。」按：《山海經・西山經》：「（樂游之山）桃水出焉，西流注于稷澤，是多白玉，其中多鰼魚，其狀如蛇而四足，是食魚。」郭注：「音滑。」方校疑未當。

［八〇］明州本、金州本、錢鈔「頭」字作「頭」。龐校、錢氏父子校同。

[八一] 陳校：「『決』，《類篇》作『泱』。」按：明州本、錢鈔注「決」字正作「泱」。錢振常校同。《文選・郭景純〈江賦〉》：「滈涅潩泱，瀹潤瀾淪。」李注：「皆水流漂疾之貌。」作「泱」是。

[八二] 明州本、毛鈔、錢鈔注「軀」字作「鰛」。韓校、陳校、錢氏父子校同。方校：「案：『鰛』譌从身，據宋本及《類篇》正。」

[八三] 明州本、潭州本、金州本、毛鈔、錢鈔「閤」字作「閤」，注「門」字作「鬥」。明州本、毛鈔、錢鈔注「栝」字作「括」。韓校、陳校、陸校、龐校、錢氏父子校同。方校：「案：『閤』譌『閤』，『括』譌『栝』，『鬥』譌『門』，據宋本及《廣韻》、《類篇》正。」

[八四] 明州本、毛鈔、錢鈔「頑」字作「頑」，注同。韓校、陳校、顧校、陸校、馬校、龐校、莫校、錢氏父子校同。

[八五] 方校：「案：此見《廣雅・釋訓》，注『危』上當增『卼卼』二字。」

[八六] 明州本、金州本、毛鈔、錢鈔注「五」字作「敳」。段校、韓校、陸校、龐校、錢氏父子校同。方校：「案：『敳』譌『五』，據宋本及《類篇》正。」馬校：「『敳紇』，局作『五紇』。」按：潭州本「敳」右旁「攵」爲墨釘。

[八七] 明州本、錢鈔注「紇」字作「紇」。錢振常校同。

十二曷

[一] 錢振常校：「从『曷』之字皆同。宋無作『曷』、『曷』。」

[二] 丁校據《廣雅》改「毻」。方校：「案：『毻』譌『歇』，據《廣雅・釋器下》正。又《廣雅》『毻』作『毲』。」按：明州本、潭州本、金州本、毛鈔、錢鈔注「歇」字正作「毻」。陳校、顧校、馬校、龐校、莫校、錢氏父子校同。

[三] 馬校：「『屦』，宋誤，局作『屦』。」莫校同。按：蒙所見毛鈔注作「屦」，明州本注同。錢鈔注作「屦」，不成字。

[四] 明州本、錢鈔注「骬」字作「骱」。錢校同。按：《廣韻》：「髑，髑骱，肩骨。」

[五] 方校：「案：『蝨』譌『蝨』，據大徐本正。」按：潭州本、金州本「蝨」字作「蝨」。錢振常校同。明州本、錢鈔作「蝨」。

[六] 韓校注「目」作「首」，未知所出。

[七] 陳校从「土」。按：明州本、錢鈔「揭」字正作「堨」。段校、陸校、龐校、錢氏父子校同。後阿葛切亦作「堨」。

[八] 方校：「案：『瓂』譌『瓂』，據大徐本正。」

[九] 明州本、毛鈔、錢鈔此字併注在「鞨」下「髑」上。段校、韓校、陸校、龐校、錢振常校同。馬校：「此『顯』字併注宋本在『鞨』字注之下，局次何葛切之末。」方校：「案：此字宋本在『鞨』下『髑』上。」

[一〇] 方校：「案：『楊』譌『揚』，兩『楨』字竝譌『楨』，據《類篇》正。」按：明州本、毛鈔、錢鈔注「楊」字正作「揚」。陳校、陸校、莫校、錢校同。呂校：「宜作『揚』。」馬校：「『揚』，局誤从木。」又毛鈔注兩「楨」字正作「楨」。

[一一] 明州本、錢鈔注「犬」字作「大」。顧校、陸校、龐校、錢氏父子校同。似誤。《廣韻》：「䫘，犬臭氣。」

[一二] 明州本、潭州本、金州本、毛鈔、錢鈔「骹」字作「骹」。段校、顧校、陸校、龐校、錢氏父子校同。馬校：「『骹』，局誤『骹』。」按：《廣韻》此小韻作「骹」，下《末韻》蒲撥切作「骹」，不誤。

[一三] 潭州本、金州本、毛鈔注「髆」字作「髆」。陳校、顧校、錢振常校同。馬校：「『髆』，局誤『髆』。」

[一四] 按：《類篇・石部》作「石聲」，與《廣韻》同。

[一五] 明州本、毛鈔、錢鈔此字併注在「楬」下「轞」上。段校、韓校、馬校、龐校、莫校、錢氏父子校同。方校：「案：宋本在『楬』下『轞』上。」

[一六] 明州本、潭州本、金州本、毛鈔、錢鈔「刯」字作「刯」，注同。段校、韓校、陸校、龐校、錢氏父子校同。馬校：「『刯』，局作『刯』，不成字，注誤同。」方校：「案：『刯』譌『刯』。據《類篇》正。宋本作『刯』，亦誤。」

[一七] 方校：「案：《左・昭十六年傳》止作『奪』。此『奪』字見《山海經》二《西山經》：『翼望山有獸一目三尾，名曰讙，其音如奪百聲。』」按：明州本、金州本、錢鈔注「奪」字正作「奪」。陳校、龐校、錢氏父子校同。呂校：「宜作『奪』。」

[一八] 段校「狚」作「狚」。陸校、莫校同。馬校：「『狚』，當作『狚』，宋亦誤。」方校：「案：《類篇》及《一切經音義》十四引

《字林》『狚』皆作『狚』。」

［一九］明州本、毛鈔、錢鈔注「豎」字作「竪」。錢氏父子校同。

［二〇］陳校：「穲，禾長也。《廣韻》作『穲』，从禾，不从艸。」

［二一］陳校：「『罕』，當作『宇』。」方校：「案：《韻會》『罕』作『宇』，似誤。」按：明州本、毛鈔、錢鈔注「罕」字正作「宇」。顧校、陸校、龐校、莫校、錢氏父子校同。馬校：「『宇』，局誤『罕』。」

［二二］陳校「胆」作「胆」。顧校、陸校。莫校同。方校：「案：『胆』譌『胆』，據《類篇》正。」

［二三］陳校「皐」作「皐」。丁校據《説文》改「皐」作「鼻」。方校：「案：『鼻』譌『皐』，據二徐本正。」按：明州本、毛鈔、錢鈔注「皐」字作「皐」。龐校、錢氏父子校同。

［二四］方校：「案：『穽』譌『穽』，據馬融《長笛賦》正。『濕』當从《類篇》作『溼』。」按：明州本、錢鈔注「穽」字正作「穽」。錢校同。

［二五］方校：「案：『矔』譌『矔』，據《廣雅・釋詁三》正。《説文》作『矔』。」按：明州本、潭州本、金州本、毛鈔、錢鈔注「矔」字正作「矔」。陳校、陸校、龐校、錢校同。

［二六］方校：「案：『捺』譌『捺』，據《韻會》正。《類篇》作『搭』。」按：明州本、毛鈔、錢鈔注「捺」字正作「捺」。段校、龐校、錢氏父子校同。馬校：「『捺』，局作『捺』，俗。」

［二七］丁校據《説文篆韻譜》「佺錯」改「徐鍇」。按：明州本、金州本、毛鈔、錢鈔注「佺錯曰咼」作「徐鍇曰冎」。余校、段校、韓校、陳校、馬校、龐校、錢氏父子校同。方校：「案：當从《説文》『户』作『戸』，『剢』作『削』，『咼』作『冎』，又『徐鍇』譌『佺錯』，據宋本及《説文韻譜》正。」潭州本「佺」字作「俆」，亦非。

［二八］明州本、毛鈔、錢鈔注「或」字作「古」。段校、陸校、馬校、龐校、錢振常校同。

［二九］余校「口」上有「从」字，「岠」作「岠」，「卒」作「辛」。段校「音」作「音」。馬校：「『音』、『音』局作『窨』、『音』。」丁校據《説文》改「卒」作「辛」。方校：「案：『䓘』、『音』譌『窨』、『音』，『口』上奪『从』字，『岠』譌『岠』，『辛』譌『卒』，據

大徐《説文》補正。小徐本無『岠』字。」

［三〇］按：《廣韻》作「鱻」，曰：「獸食之餘曰鱻。」明州本、錢鈔「鱻」字正作「鱻」。

［三一］方校：「案：『頊』譌从于，據《廣韻》正。」按：明州本、毛鈔、錢鈔「頊」字正作「頊」。陳校、顧校、陸校、龐校、莫校、錢氏父子校同。馬校：「『頊』，局从于。」

［三二］方校：「案：『躃』，《玉篇》作『蹣』，《類篇》與此同。」

［三三］方校：「案：『牧』譌『收』，據《公羊・莊十二年傳》正。」按：明州本、金州本、毛鈔、錢鈔注「收」字正作「牧」。龐校、錢氏父子校同。吕校：「宜作『牧』。」潭州本作「敊」，不成字。

［三四］顧校「曳」作「曳」。

［三五］明州本、錢鈔注「滅」字作「搣」。龐校、錢校同。

［三六］明州本、錢鈔注「颰」字作「颰」。龐校同。

［三七］明州本、錢鈔注「王」字作「玉」。錢校同。誤。潭州本、金州本、毛鈔作「王」。

［三八］丁校據《類篇》「放」字作「族」。按：明州本、潭州本、金州本、毛鈔、錢鈔注「放」字正作「族」。韓校、陳校、陸校、龐校、錢氏父子校同。馬校：「『族』，局誤『放』。」方校：「案：『族』譌『放』，據宋本及《類篇》正。」

［三九］明州本、金州本、毛鈔、錢鈔注「宛」字作「宛」。

［四〇］陳校：「《廣韻・十三末》。又子曷切，入《曷韻》。」丁校：「『鬢』字《廣韻》入《十三末》。」某氏校：「《廣韻》鬢，姊末切，入《十三末》韻。」按：明州本、毛鈔、錢鈔「鬢」字作「鬢」。錢校「賛」並从「贊」。馬校：「案：局作『鬢』，俗。凡从『贊』之字，宋本、局刻往往『賛』、『贊』雜出。」方校：「案：『鬢』譌『鬢』，據《類篇》正。」

［四一］明州本、潭州本、金州本、錢鈔注「薉」字作「薉」。莫校、錢振常校同。

［四二］段校「礩」字作「礩」。

［四三］陳校：「『慒』字或作『愔』。」

［四四］明州本、潭州本、金州本、毛鈔、錢鈔注「扌」字作「才」。龐校同。

［四五］陳校：「『啐』，或作『哷』，或云从辛。又云：『啐』，《類篇》从傘，『傘』，古文『傘』字，从卒非。」

［四六］方校：「案：《廣雅・釋詁四》作『哷』，王氏云：『嘖與哷同。』」

［四七］方校：「案：『濈』譌『濈』，據《類篇》正。」按：潭州本、金州本、毛鈔「濈」字正作「濈」。陳校、龐校、莫校、錢氏父子校同。明州本、錢鈔作「濈」。馬校：「『濈』，局誤『濈』。」

［四八］錢振常校注「㬠」字作「㬠」。與《說文》合。

［四九］段校「已」作「己」。陸校同。

［五〇］方校：「案：卷四《東山經》『狚』作『狚』，郭音苴。此與《類篇》皆仍《篇》、《韻》之譌。」按：郝懿行《山海經箋疏》：「經文『獦狚』當爲『猲狚』。《玉篇》、《廣韻》並作『猲狚』，云：狚，丁旦切。獸名。可證今本之譌。」王念孫校同。方校非。

［五一］明州本、錢鈔注「獦」字作「猲」。陸校、龐校、錢氏父子校同。吕校：「宜作『猲』。」

［五二］龐校：「皆从『達』。」

［五三］方校：「案：『𦿊』譌『𦿊』，據《廣韻》、《類篇》正。」按：明州本、潭州本、金州本、毛鈔、錢鈔注「𦿊」字正作「𦿊」。莫校、錢校同。馬校：「『𦿊』，局誤『𦿊』。」

［五四］許校：「《論語義疏》『門左右兩楗邊』，『楗』疑與『闥』通。」

［五五］方校：「案：『撻』、『遽』當从許書作『撻』、『虘』，『古作虘』三字當移置『引』字上。」按：明州本、毛鈔、錢鈔「撻」字作「撻」，「攎」字作「攎」。陳校、龐校同。

［五六］明州本、錢鈔注「亦」字作「或」。龐校、錢氏父子校同。

［五七］明州本、錢鈔「獺」字作「獺」。顧校、莫校同。馬校：「『獺』，局作『獺』，俗。」

［五八］方校：「案：《廣雅・釋詁三》未見。」

［五九］陳校：「『蝲』，當作『蝲』，同『蠟』。」方校：「案：『蝲』譌『蝲』，據《類篇》正。」莫校同。

［六〇］明州本、潭州本、金州本、毛鈔、錢鈔注「桃」字作「挑」。韓校、陳校、龐校、錢氏父子校同。吕校：「宜作『挑』。」方校：「案：『挑』譌『桃』，據宋本及大徐本正，小徐本作『恌』。」

［六一］方校：「案：『郎』譌『即』，據《類篇》正。」按：明州本、潭州本、金州本、毛鈔、錢鈔注「即」字正作「郎」。韓校、陳校、陸校、丁校、龐校、錢氏父子校同。馬校：「『郎』，局誤『即』。」

［六二］方校：「案：『裵』譌『袠』，據《廣雅・釋詁二》正。」按：金州本注「袠」字作「裵」。顧校、莫校同。錢振常校：「此字漫漶。」馬校：「『裵』，局作『袠』，不成字。」明州本、錢鈔作「衷」。

［六三］明州本、毛鈔、錢鈔注「癩」字作「癩」。龐校、錢振常校同。

［六四］錢振常校：「宋本脱四字，並挖版，誤也。」按：錢所據明州本如此。蒙所見明州本作「作球瓎」三字，與原書字體亦小異，蓋所謂挖版歟！

［六五］按：據注文正文當从賴作「獺」。

［六六］方校：「案：《釋蟲》：『蠆、蠆，蠍也。』『蠆』字舊奪，王氏據此及《一切經音義》九所引補。『蝲』譌『蝲』，據《廣韻》正。」

［六七］明州本、潭州本、金州本、毛鈔、錢鈔「喇」字作「喇」。陳校、顧校、陸校、錢校同。方校：「案：『喇』譌『喇』，據宋本及《類篇》正。」

［六八］明州本、毛鈔、錢鈔「捺」字作「捺」。顧校、錢氏父子校同。馬校：「『捺』，局作『捺』，正俗字。」

［六九］明州本、錢鈔「瘵」字作「瘵」，注同。錢校同。

［七〇］方校：「案：《廣雅・釋詁三》：『喝、嘶，㷄也。』」

［七一］明州本、毛鈔、錢鈔注「捧」字作「棒」。陳校、顧校、陸校、錢氏父子校同。方校：「案：『捧』當从《類篇》作『捧』。宋本『㯓』作『㯓』，『棒』作『捺』，竝誤。」按：《類篇・木部》「㰖」之異體作「棒」，「㯓」字注作「棒」。潭州本、金州本注與

局本同。蒙所見宋本注無作「捺」者。又明州本、錢鈔「𢷾」作「捺」，誤。

十三末

［一］方校：「案：東夷之樂曰『佅』，見《文選·東都賦》『僸佅兜離』注引《孝經鉤命決》。」

［二］余校「忐」作「忘」。方校：「案：『忘』譌『忐』，據《篇》、《韻》正。」

［三］段校作「頛」。馬校：「當从末，宋亦誤。」

［四］明州本、錢鈔注「宜」字作「冥」。錢氏父子校同。潭州本、金州本作「冥」。又錢鈔「昒」誤作「昒」。

［五］方校：「案：『首』上从卝，不从艸，此與《廣韻》同誤。」按：明州本、錢鈔「首」字正作「首」。顧校、龐校同。

［六］丁校據《左傳》注改「亦」作「赤」。方校：「案：『赤』譌『亦』，據《類篇》及《左·成十六年傳》注正。」按：明州本、潭州本、金州本、毛鈔、錢鈔注「亦」字正作「赤」。陳校、龐校、錢校同。馬校：「『赤』，局誤『亦』。」

［七］段校作「帥眛」。

［八］明州本、潭州本、金州本、毛鈔、錢鈔注「袟」字作「秩」。段校、龐校、錢校同。

［九］馬校：「『眛』从未聲，古『未』、『末』聲同。襄二十七年《公羊傳》『眛雉彼視』，釋文云『眛音蔑』是也。又云『舊音刎，亡粉反』，蓋當作『舊音昒』耳。『眛』、『昒』漢人通用，故舊有此音。『昒』譌『刎』，又增入『亡粉反』三字，譌之又譌矣。《集韻》無『刎』音，則丁所見《釋文》未誤。」

［一〇］方校：「案：『麪』譌『麫』，據《廣雅·釋器》下正。」按：明州本、毛鈔、錢鈔注「麫」字正作「麪」。陳校、顧校、莫校同。

［一一］陳校：「『蔑』，《玉篇》、《類篇》並作『蔑』，中从禾。」

［一二］方校：「案：『鳴』譌『鳴』，據《廣雅·釋鳥》正。」按：明州本、毛鈔、錢鈔注「鳴」字正作「鳴」。段校、陳校、陸校、龐校、錢氏父子校同。馬校：「『鳴』，局誤『鳴』。」

［一三］明州本、錢鈔「𠱄」字作「𠱄」。錢氏父子校同。

［一四］方校：「案：『𪗵』譌『𪗽』，據《說文》正。『血』下『也』字衍。」

［一五］陳校从「臼」旁。按：明州本、潭州本、金州本、毛鈔、錢鈔「昧」字作「眛」。陳校、陸校、龐校、莫校、錢氏父子校同。馬校：「从臼，局誤从白。」

［一六］方校：「案：『莧』譌『莧』，據《說文·苜部》正。」

［一七］丁校據《說文》作「户」。按：明州本、金州本、毛鈔、錢鈔注「尸」字作「户」。韓校、陳校、顧校、陸校、龐校、錢振常校同。

［一八］明州本、金州本、毛鈔、錢鈔注「栝」字作「括」。龐校、錢校同。

［一九］參見下古活切「髻」字注校語。

［二〇］按：《說文》見《禾部》，「潰」字作「潰」。鈕樹玉校録：「《繫傳》同。《玉篇》注『潰』作『潰』。《廣韻》：『舂穀不潰也。』則『潰』字譌。」

［二一］方校：「案：『會』譌『會』，『椎』譌『推』，《類篇》又譌『槌』，據《人閒世》音義正。」按：明州本、毛鈔、錢鈔「會」字正作「會」。陳校同。又明州本、毛鈔、錢鈔注「推」字正作「椎」。陳校、龐校、錢校同。

［二二］方校：「案：盧校《方言》十二从戴本音适，舊音活，與此合。」

［二三］方校：「案：『䜭』，今作『豁』。」按：《廣韻》正體作「豁」。

［二四］陸校「昧」字作「眛」。

［二五］明州本、潭州本、金州本、毛鈔、錢鈔「濊」、「濊」作「濊」、「濊」。龐校、錢振常校同。

［二六］段校「括」作「栝」。陸校同。馬校：「『括』當作『栝』，从木，宋亦誤，注同。」

［二七］按：依體例「捂」字當列「括」字之上。

［二八］明州本、金州本、毛鈔、錢鈔注「檢」字作「撿」。龐校、錢校同。

［二九］陸校「潔」作「絜」。方校：「案：二徐本同，段氏據《玉篇》、《類篇》、《韻會》『潔』作『絜』。絜，麻一耑，引伸爲圍束之偁，絜髮指束髮也。」

［三〇］明州本、潭州本、金州本、毛鈔、錢鈔「聳」字作「聳」。龐校、錢氏父子校同。

［三一］馬校：「案：《尚書・盤庚篇》『懖懖』天寶間衛包改作『聒聒』，開寶中李昉、陳鄂又改釋文，《集韻》云『通作聒』者，此惑於天寶後之《尚書》也。」詳段氏《撰異》。

［三二］陳校从「古」。按：明州本、金州本、錢鈔注「蛞」作「蛞」。龐校、錢氏父子校同。

［三三］方校：「案：『聒』譌『聒』，據《廣韻》、《類篇》正。」

［三四］方校：「案：『檜』譌从扌，據《廣韻》、《類篇》正。」按：明州本、潭州本、金州本、毛鈔、錢鈔「擔」字正作「檜」。韓校、陳校、陸校、龐校、莫校、錢氏父子校同。

［三五］陳校：「『䀇』，《說文》作『贏』，同。」方校：「案：『䀇』，毛刻作『贏』，小徐本作『贏』，段校改『贏』，疑當从毛。此及《類篇》同。」

［三六］明州本、錢鈔注「菝葀」作「茯葀」。按：「葀」字誤，錢校「葀」字作「菝」。吕校：「宜作『葀』。」

［三七］明州本、潭州本、金州本、毛鈔、錢鈔注「叔」字作「叔」。龐校同。方校：「案：『叔』譌『叔』，據宋本及《莊子・讓王》釋文正。」

［三八］陸校注「之」作「文」。馬校：「『之』當爲『文』，宋亦誤。」按：《經典釋文・敘録》：「《莊子》，王叔之義疏三卷。」注云：「字穆夜，琅琊人，宋處士，亦作注。」則「之」字不誤。

［三九］方校：「案：『匃』譌『匄』，據《前漢・文帝紀》顔注正。」按：明州本、潭州本、金州本、毛鈔、錢鈔「匄」字正作「匃」。余校、陳校、馬校、龐校、錢氏父子校同。吕校：「宜作『匃』。」

［四〇］明州本、潭州本、金州本、毛鈔、錢鈔注「輕」字作「軺」。陳校、顧校、陸校、龐校、錢氏父子校同。與《說文》合。馬校：

「『軺』，局誤『輕』。」

［四一］明州本、毛鈔、錢鈔「晵」字作「晵」。金州本作「晵」。韓校、陳校、龐校、錢氏父子校同。方校：「案：『晵』譌『晵』，據宋本及二徐本正。」

［四二］明州本、毛鈔、錢鈔「梓」字作「桲」，注同。韓校、陳校、龐校、錢氏父子校同。吕校：「宜作『桲』，注同。」馬校：「『桲』，局誤作『梓』，注同。」方校：「案：『桲』譌『梓』，據宋本及《類篇》正。後『杌』注不誤。」

［四三］丁校據《廣韻》「相」字作「枏」。按：明州本、金州本、毛鈔、錢鈔注「相」字作「枏」。段校、韓校、陳校、龐校、錢振常校同。馬校：「『枏』，局誤『相』。」方校：「案：『枏』譌『相』，據宋本及《廣韻》正。」下五活切「枏」字及注正作「枏」。

［四四］丁校據《類篇》「除」作「陰」。方校：「案：『陰』譌『除』，『橉』譌『撛』，『柮』譌『拙』，據《廣韻》、《類篇》正。」按：明州本、毛鈔、錢鈔注「撛」字作「橉」，「拙」作「柮」。陳校、顧校、龐校、錢校同。

［四五］方校：「案：『乢』字疑，據《廣雅・釋訓》亦當作『甈』。」按：明州本、毛鈔、錢鈔注「乢」字作「黜」。顧校、龐校、錢氏父子校同。馬校：「『黜』，局作『乢』，不成字。」

［四六］明州本、錢鈔注「北」字作「疪」。龐校、錢振常校同。誤。依《說文・手部》徐鉉音，當作北末切。

［四七］陳校《類篇》作「𣥂」。方校：「案：『𣥂』从止、屮，此作『𣥂』，誤。」

［四八］方校：「案：『迣』，《說文》作『䞘』，段氏依《玉篇》改『𨔝』。」

［四九］方校：「案：『衶』，當从《類篇》作『袜』。『䣛』，大徐本亦譌『䣛』，今从小徐本作『䣛』。」按：明州本、毛鈔、錢鈔注「䣛」字作「䣛」。韓校、陳校、顧校、龐校、錢氏父子校同。潭州本、金州本注「䣛」字作「䣛」。余校同。

［五〇］方校：「案：『鉢』譌从卒，《類篇》同，據《廣韻》正。」

［五一］毛鈔「犻」作「犻」，注同。陳校、顧校同。明州本注「犻」作「犻」。馬校：「『犻』，局作『犻』，注亦作『犻』。从『市』當作一竪。」

［五二］潭州本注「羌」字作「羌」。

[五三] 段校《説文》作「𣎵」。陳校同。方校：「案：《説文》訓艸木盛者作『𣎵』。古文『𣪊』作『市』，从巿加一。『市井』之『市』作『𡊰』，隸作『市』。本書通作『市』，誤。」

[五四] 明州本、毛鈔、錢鈔此字併注在「拔」字下「墢」字上。龐校、錢振常校同。馬校：「此字併注宋在『拔』字注下，局在北末切之末。」

[五五] 明州本、潭州本、金州本、毛鈔、錢鈔注「刃」字作「刄」。

[五六] 陳校：「『蹳』，《類篇》作『蹳』。」按：明州本、錢鈔「蹳」字正作「蹳」。錢校同。

[五七] 方校：「案：『艴』譌『艳』，據《類篇》正。又《類篇》『淺』下有『赤』字。」

[五八] 陳校：「『市』，《説文》作『𣎵，草木盛𣎵𣎵然。象形，八聲』。」顧校「市」字作「市」。陸校同。

[五九] 方校：「案：『昧』譌『昧』，據《類篇》正。」按：毛鈔注「昧」字作「昧」。段校同。馬校：「『昧』，宋从末，局誤从未。」

[六〇] 陳校：「『奔』當作『弃』。」方校：「案：『弃』譌『奔』，據《類篇》、《韻會》正。」按：明州本、潭州本、金州本、毛鈔、錢鈔注「奔」字正作「弃」。馬校：「『弃』，局誤『奔』。」

[六一] 陳校：「《廣雅》作『趏』，从走。」方校：「案：《釋詁二》『迒』作『趏』。」曹音七咨，又步末。王念孫校：「當音七咨，曹又音步末反失之。」

[六二] 明州本、潭州本、金州本、毛鈔、錢鈔注「撥物」作「撥切」。陳校、顧校、陸校「撥」字作「撥」。余校、韓校、龐校、錢氏父子校「物」字作「切」。呂校：「宜作『切』。」馬校：「『撥』，局誤从木。『切』，局誤『物』。」方校：「案：此係『蒲撥切』之譌，據宋本及《廣韻》正。」

[六三] 方校：「案：余方疑《説文·辵部》何以兩收『䢌』字，今觀段本訓行皃者作『𨓜』，从辵，𣎵聲，蒲撥切。訓前頓者作『䢌』，从辵，桀聲，先頰切。舊北末切。是許書無『䢌』字矣，但相承已久，改之驚俗，姑識其説於此。」

[六四] 明州本、錢鈔注「曰」字作「昌」。龐校同。誤。潭州本、金州本、毛鈔作「曰」，不誤。

[六五] 毛鈔注「髆」字作「髆」。陳校、莫校同。馬校：「『髆』，局誤『髆』。」

[六六] 丁校據《説文》加「丿」。方校：「案：『而』下奪『丿』字，據二徐本補。」按：明州本、金州本、毛鈔、錢鈔注「而」下正有「丿」字。余校、龐校、莫校、錢氏父子校同。馬校：「『丿』，局脱。」潭州本空格。

[六七] 按：字當作「抪」，不从市，見《説文·手部》。

[六八] 明州本、毛鈔、錢鈔注「墝」字作「撓」。陳校、顧校、龐校、錢校同。

[六九] 按：當依《説文·㫃部》作「旆」，从㫃，𣎵聲。

[七〇] 明州本、錢鈔「炦」字作「犮」。龐校：「宋誤。」

[七一] 明州本、錢鈔注「臿」字作「臿」。龐校、錢校同。

[七二] 明州本、錢鈔注「雉」字作「淮」。錢振常校同。誤。潭州本、金州本、毛鈔作「雉」。

[七三] 明州本、毛鈔、錢鈔此字併注在「废」下「柭」上。段校、韓校、陸校、龐校同。方校：「案：宋本在『废』下『柭』上，大徐本婦人美也。小徐本及《玉篇》美婦也。段从小徐。」

[七四] 方校：「案：『鬂』譌『鬂』，據《類篇》正。」按：明州本、毛鈔、錢鈔「鬂」字作「鬂」。余校、段校、韓校、陳校、陸校、龐校、錢氏父子校同。馬校：「『鬂』，局誤『鬂』。」

[七五] 方校：「案：『縫』譌『逢』，據《類篇》正。」按：明州本、毛鈔、錢鈔注「逢」字正作「縫」。段校、陳校、陸校、龐校、錢氏父子校同。馬校：「『縫』，局誤『逢』。」

[七六] 明州本、錢鈔注「二」字作「三」，錢校同。是。

[七七] 段校「故」作「敁」。馬校「故」當作「敁」，宋亦誤。方校：「案：『敁』譌『故』，據《廣韻》正。『聚』，《類篇》同，疑當作『敠』，《類篇》『敠』下注云：『敠敠，不迎自來也。』與『不速』之義合。《四庫考證》亦依《類篇》改『敠』，或所據即此也。」

[七八] 方校：「案：肉何得在骨中？當从《説文》改『中』爲『閒』，或从《廣韻》改『肉』爲『髓』。」

[七九] 明州本、毛鈔「殺」字作「桼」，注同。馬校：「『殺』，宋从木，局作『殺』。」按：錢鈔正文作「殺」，非；注作「桼」，是。

[八〇] 方校：「案：『叱』譌『叱』，據《玉篇》正。叱，火跨切，音化，開口皃，與『咄』義無涉。」

[八一] 明州本、毛鈔、錢鈔注「龍」字作「龍」。龐校、錢氏父子校同。

[八二] 陳校从「朱」。方校：「案：『龍』，上譌从失，據《爾雅・釋蟲》注正。」按：明州本、潭州本、金州本、毛鈔、錢鈔注「龍」字正作「龍」。陸校、龐校、錢氏父子校同。

[八三] 丁校據《説文》「狘」作「狘」。方校：「案：『狘』譌『狘』，據《類篇》正。」按：明州本、潭州本、金州本、毛鈔、錢鈔注「狘」字正作「狘」。陸校、龐校、錢氏父子校同。馬校：「『狘』，局誤『狘』。」

[八四] 陳校从「又」。顧校作「夊」。方校：「案：『夊』下从又，不从夊，據《説文》正。」

[八五] 方校：「案：『捶』譌从木，據《穀梁・宣十八年傳》注正。」按：明州本、潭州本、金州本、毛鈔、錢鈔注「捶」字正作「捶」。陳校、龐校、錢校同。

[八六] 《説文》見《疒部》。段注：「『將』，疑當作『捋』，『捋』、『疣』，疊韻。」

[八七] 方校：「案：『鱺』譌『鱺』，『鱺』上夊『小』字，據《爾雅・釋魚》郭注補正。」按：潭州本、金州本注「鱺」字正作「鱺」。龐校、錢氏父子校同。

[八八] 陳校作「蛃」。方校：「案：『蛃』譌『蛃』，據《爾雅・釋蟲》及《玉篇》正。」余校注「何」字作「蚵」。韓校同。

十四黠

[一] 陳校：「『固』字《説文》作『黑』。」按：明州本、毛鈔、錢鈔注「固」字正作「黑」。韓校、龐校、錢氏父子校同。

方校：「案：『黑』譌『固』，據宋本及二徐本正。」

[二] 方校：「案：『齨』，《廣韻》作『髗』，音義同，此本《説文》。」

[三] 陳校入《鞌韻》。

[四] 方校：「案：『犱』譌从丰，據《説文》正。『丯』音界，『丰』音峯。」

[五] 方校：「案：《釋詁》作『劼』，釋文：『劼或作硈。』」

[六] 明州本、潭州本、金州本、毛鈔、錢鈔「戛」字作「戞」。段校、龐校、錢氏父子校同。馬校：「『戛』，局作『戛』。『戛』、『戛』正俗字，訖黠切不誤。」

[七] 明州本、潭州本、金州本、毛鈔、錢鈔「榤」字作「榤」。段校、韓校、陳校、陸校、龐校、錢振常校同。馬校：「『榤』，局誤『榤』，《廣韻》作『榤』，與宋本同。」方校：「案：『榤』譌『榤』，據宋本及《廣韻》正。」

[八] 明州本、潭州本、金州本、錢鈔注「亂」字作「亂」。方校：「案：『扴』，大徐本訓刮，小徐本訓括，此作『亂』，非。」

[九] 丁校據《説文》「斷」字作「齘」。方校：「案：『齘』譌『斷』，據二徐本正。」按：明州本、毛鈔、錢鈔注「斷」字正作「齘」。陳校、顧校、龐校、錢氏父子校同。馬校：「『齘』，局誤『斷』。」

[一〇] 明州本、錢鈔注「挈」字作「契」。錢振常校：「『挈』字宋皆作『契』。」

[一一] 呂校：「《漢書》作《彙韻侯》。」丁校據《史記》作「侯」。按：明州本、毛鈔、錢鈔注「侯」字正作「侯」。段校、韓校、陳校、陸校、龐校、錢氏父子校同。馬校：「『侯』，局作『侯』，不成字。」方校：「案：『侯』譌『侯』，據宋本及《漢書・王子侯表》正。」

[一二] 明州本、錢鈔「矸」字作「研」。錢振常校同。誤。注文不誤。潭州本、金州本、毛鈔作作「矸」，是。丁校據《廣韻》作「礣」。方校：「案：『礣』譌『礣』，據《類篇》正。」按：明州本、毛鈔、錢鈔注「礣」字正作「礣」。陳校、顧校、龐校、錢氏父子校同。馬校：「局作『矸礣』，誤倒，『礣』又不成字。」

[一三] 明州本、錢鈔無注「突」下「也」字。龐校同。

[一四] 明州本、錢鈔注「鶍」字作「鶍」。龐校、錢氏父子校同。誤。參見《屑韻》吉屑切「鶍」字注。

[一五] 陳校：「『敔』，从夊不从欠。」按：明州本、毛鈔、錢鈔注「敔」字作「敔」。顧校、龐校、錢振常校同。呂校：「宜作

亦作「揭」。」

[四六] 方校：「案：《廣雅・釋詁三》：『契，戲也。』訓刮則未見。王氏校云：『《説文》契注：齘契，刮也。《玉篇》：齘契，刷刮也。今據坿録于《釋言》後。』」

[四七] 錢振常校：「『德』字漫漶。」

[四八] 方校：「案：『鮎』譌『鮎』，注『桀』譌『桀』，據《説文》正。」按：明州本、潭州本、金州本、毛鈔、錢鈔「鮎」字正作「鮎」。陳校、龐校、錢氏父子校同。顧校作「桀」。

[四九] 明州本、潭州本、金州本、毛鈔、錢鈔注「具」字作「吳」。余校、韓校、陳校、陸校、龐校、莫校、錢氏父子校同。馬校：「『吳』，局誤『具』字。」又明州本、潭州本、金州本、毛鈔、錢鈔注「瞯」字作「瞯」。陳校、顧校、龐校同。方校：「案：注『吳』譌『具』，『瞯』譌『瞯』，據宋本及二徐本正。」

[五〇] 丁校據《類篇》作「弅」字。方校：「案：『弅』字譌分『弁』、『上』二字，據《類篇》正。」按：明州本、毛鈔、錢鈔注「弁上」二字作「弅」。段校、陳校、陸校、龐校、錢振常校同。馬校：「『弅』，局誤作『弁上』二字。」

[五一] 方校：「案：『玉』譌『工』，據宋本及《廣韻》正。」按：明州本、潭州本、金州本、毛鈔、錢鈔注「工」字正作「玉」。余校、韓校、陳校、龐校、錢氏父子校同。

[五二] 明州本、潭州本、金州本、毛鈔、錢鈔注「餅」字作「餠」。陳校、顧校、龐校、錢振常校同。馬校：「『餠』，局作『餅』。」方校：「案：『餅』，《類篇》同。宋本作『飯』，《爾雅・釋器》音義引李巡云『米飯半腥半孰曰糪』，則宋本爲是。」

[五三] 衛校：「本書《舝韻》許轄切『偺』及注文均作『偺』。」方校：「案：『偺』譌『偺』，據《類篇》正。」按：明州本、金州本、毛鈔注「偺」字作「偺」。陳校、錢氏父子校同。

[五四] 陳校：「『礣』，《廣韻》又入《舝韻》。」

[五五] 陳校：「『擸』入《舝韻》。」

[五六] 馬校：「案：釋文从末聲，《唐韻》莫佩切，諸經音莫介反者，皆末聲之誤也。鄭《駁異義》：『韎齊魯之間言韎，聲如茅

蒐，字當作韎。』蓋所據亦作末聲，謂當从末聲耳。然則鄭以前『韎』皆末聲。末聲之説實始於鄭讀。」

[五七] 方校：「案：《説文》『殺』作『𣏂』。古文作『𢽵』、『𢼛』、『𣏁』、『杀』，籀文作『𢿡』，與此不同，未詳其故。『煞』，係俗字。」

[五八] 明州本、毛鈔「鞍」字作「鞍」，「敓」字作「敓」，毛鈔「煞」字作「煞」。龐校、錢振常校同。段校「煞」作「煞」。馬校：「『鞍』、『敓』、『煞』，局作『敄』、『敓』、『煞』，注同。」

[五九] 陳校：「『二』，《類篇》作『一』。」

[六〇] 按：《類篇・手部》桑葛切「撥」字訓側手擊也，可參看。

[六一] 汪校「迅」作「迅」。方校：「案：『迅』譌『迅』，據《類篇》正。」按：明州本、潭州本、金州本、毛鈔、錢鈔注「迅」字正作「迅」。

[六二] 明州本、毛鈔、錢鈔「察」字作「察」。余校、韓校、顧校、龐校、錢振常校同。

[六三] 按：《説文》見《言部》，从言，察省聲，字當作「詧」。

[六四] 顧校注「微」字作「微」。

[六五] 顧校作「嚓」。

[六六] 方校：「案：『纏』譌『纏』，據《類篇》正。」

[六七] 方校：「案：『处』，《篇》《韻》作『処』，非。」

[六八] 段校注「天」字作「夭」，陸校同。馬校：「『夭』，局作『天』。」按：顧氏重修本不清，似已改「夭」。

[六九] 方校：「案：注『夗』譌『死』，據《類篇》及本文正。」按：明州本、潭州本、金州本、錢鈔注「死」字正作「夗」。龐校、錢校同。

[七〇] 方校：「案：宋本《説文》『罔』作『网』。」

[七一] 陳校「辥」作「辥」。方校：「案：『辥』譌『辥』，據《廣雅・釋詁三》正。」

[七二] 方校：「案：『土』，《類篇》作『士』。」按：明州本、毛鈔、錢鈔注「土」字正作「士」。陳校、顧校、陸校、龐校、錢校同。馬校：「『士』，局誤『土』，《類篇》士滑切。」

[七三] 方校：「案：『㓹』譌『𨚔』，據《類篇》正。《類篇》『疾』作『病』。」按：明州本、毛鈔、錢鈔注「𨚔疾」作「㓹病」。陳校、龐校、錢氏父子校同。段校「𨚔」作「㓹」。馬校：「『㓹』當作『㓹』，局作『𨚔』，更俗。」

[七四] 余校「無」上增「猒」字。汪校據《說文》「削」改「前」。丁校同。按：明州本、潭州本、金州本、毛鈔、錢鈔注「削」字正作「前」。韓校、陳校、龐校、錢校同。方校：「案：『無』上奪『猒』字，『前』譌『削』，據宋本及二徐本補正。」

[七五] 明州本、錢鈔注「䙴」字作「㒼」。龐校同。

十五䇭

[一] 馬校：「『䇭』从牛，俗也。」方校：「案：『䇭』下不从牛。注『兩』譌『雨』，據《說文》正。」按：明州本、毛鈔、錢鈔注「雨」字作「兩」。韓校、陳校、龐校、錢氏父子校同。

[二] 明州本、錢鈔注「古文㑭」作「古㑭字」。馬校：「『古㑭字』局作『古文㑭』。」龐校：「『無』『文』字，㑭下有『字』字。」

[三] 余校「飫」作「飽」，蓋據《廣韻》。方校：「案：『飫』當从《類篇》作『飫』，《廣韻》訓食飽，義同。」按：金州本、毛鈔注「飫」字正作「飫」。陳校、顧校、陸校、龐校、錢氏父子校同。明州本、潭州本、錢鈔作「飫」，多一點，非。

[四] 明州本、錢鈔「䟫」字作「䟫」。龐校、錢校同。

[五] 陳校：「『䃯』入《黠韻》，音戛。」

[六] 余校：「『目』，初印本作『且』，今正。」莫校：「『目』，曹本作『且』，吕校改『目』。此作『目』，顧校也。」

[七] 按：《類篇·人部》「㑥」字作「㑥」，注同。

[八] 明州本、錢鈔注「傜」字作「傜」。龐校、錢振常校同。

[九] 明州本、潭州本、金州本、毛鈔、錢鈔注「五」字作「丘」。陳校、龐校、錢氏父子校同。馬校：「『丘』，局誤『五』，《類篇》丘轄切。」

[一〇] 方校：「案：『搳』當作『搳』，『揭』當作『楬』，據《篇》、《韻》、《類篇》、《韻會》正。」按：明州本、毛鈔注「搳」字作「搳」。陳校、龐校、錢校同。錢鈔注「揭」字作「楬」。

[一一] 丁校據《類篇》作「桓」。方校：「案：『袒』，《類篇》作『桓』。《儀禮·士虞禮》注『則豆不楬』，釋文：『本或作䭬。』據此則『袒』又當作『豆』。」按：明州本、潭州本、金州本、毛鈔、錢鈔注「袒」字正作「桓」。陳校、龐校、錢氏父子校同。馬校：「『桓』，局誤『袒』。」

[一二] 方校：「案：『驧』，《廣韻》作『鶷』。」

[一三] 丁校據《類篇》作「駷」。方校：「案：『駷』譌『騍』，據《類篇》正。」按：明州本、潭州本、金州本、毛鈔、錢鈔注「騍」字作「駷」。陳校、顧校、陸校、龐校、錢氏父子校同。馬校：「『駷』，局誤『騍』。」

[一四] 《廣韻》：「猰，雜犬也。」按：《黠韻》訖黠切「猰」訓犬也，此訓雜也，疑皆有脱文。

[一五] 陳校作「駝」。按：明州本、潭州本、金州本、毛鈔、錢鈔注「馳」字作「駞」。陸校、龐校、錢氏父子校同。馬校：「『駞』局作『馳』。」方校：「案：『駞』譌『馳』，據宋本及《類篇》正。」

[一六] 方校：「案：《釋詁二》未見。」

[一七] 明州本、錢鈔「箬」字作「箬」。錢校同。

[一八] 明州本、潭州本、金州本、錢鈔注「帛」字作「皃」。龐校、錢校同。

[一九] 方校：「案：『舂』下奪『臬』字，據《說文》、《類篇》補。」按：大徐本作「稻，舂臬不潰也」。鈕樹玉校録：「《繫傳》同。《玉篇》注『潰』作『潰』，《廣韻》注：『舂穀不潰也。』則『潰』字譌。」

[二〇] 陳校：「《廣韻》作『敌』，从攵，畫皃。从攴，盡也，譌。」按：周祖謨《廣韻》校勘記作「盡」。余迺永《新校互注宋本廣

韻》：「『切韻』系書及《廣韻》各本注文『畫』字作『盡』。」

［二一］方校：「案：《類篇》同。《廣雅・釋詁一》作『括』，《荀子・性惡篇》从木作『栝』，義與『括』同。」

［二二］陳校「生」當作「至」。方校：「案：『至』譌『生』，據《詩・王風》毛傳正。」

［二三］陳校：「『聒』、『佸』二字《廣韻》入《黠韻》。」

［二四］方校：「案：『傛佾』當从《類篇》作『傛佾』。」按：明州本、潭州本、金州本、毛鈔、錢鈔注「傛」字正作「傛」。龐校、錢振常校同。

［二五］明州本、潭州本、金州本、毛鈔、錢鈔注「利」字作「剎」。余校、陳校、陸校、龐校、錢振常校同。馬校：「『剎』，局誤『利』。」方校：「案：『剎』譌『利』，據宋本及《類篇》、《韻會》正。」

［二六］明州本、錢鈔注「槎」字作「槎」。錢振常校同。似誤。

［二七］陳校：「『鍘』，从斸。」方校：「案：『鍘』，《類篇》同，《廣韻》作『斸』。」

［二八］方校：「案：訓見《一切經音義》九，王氏坿録此字於《釋言》後。」

［二九］方校：「案：『訔』譌『訔』，據《類篇》正。」按：明州本、潭州本、金州本、毛鈔、錢鈔注「訔」字作「訔」。陳校、龐校、錢氏父子校同。馬校：「『訔』作『訔』，不成字。」

［三〇］方校：「案：『纂』譌『纂』，據《説文》正。」按：明州本、毛鈔、錢鈔「纂」字正作「纂」。陳校、龐校、錢氏父子校同。

［三一］方校：「案：『蔽』譌『蔽』，據《類篇》正。」按：明州本、毛鈔、錢鈔「蔽」字作「蔽」。陳校、龐校、錢氏父子校同。

［三二］明州本、毛鈔、錢鈔注「鳩」下有「也」字。龐校、錢振常校同。馬校：「局無『也』字。」

［三三］明州本、潭州本、金州本、毛鈔、錢鈔注「田」字作「丑」。陳校、龐校、錢氏父子校同。按：《類篇・頁部》「頒」字正音丑刮切。

［三四］方校：「案：『媢媢』譌『媢妠』，《類篇》同，據《廣韻》正。」按：明州本、毛鈔、錢鈔注「媢妠」作「妠媢」。龐校、錢氏父子校同。馬校：「『妠』當作『媢』，宋亦誤。」

［三五］明州本注「皃」字作「皃」。陸校、錢校同。

［三六］方校：「案：『髲』从眍得聲。『眍』，《説文》指目也。此作『髲』、『髲』，竝誤。」

［三七］方校：「案：『瞖』譌『睧』，據《類篇》正。」按：明州本、錢鈔「睧」字作「睧」。錢校同。

［三八］明州本「獺」字作「獺」。錢校同。《類篇》亦作「獺」。

十六屑

［一］毛鈔注「戌」字作「戉」。顧校、陸校、龐校、錢振常校同。馬校：「局誤『戌』。」

［二］方校：「案：『徹』譌『撤』，據《類篇》正。」按：明州本、潭州本、金州本、毛鈔、錢鈔注「撤」字正作「徹」。陳校、龐校、錢氏父子校同。

［三］陳校：「『糏』入《薛韻》。」

［四］明州本、毛鈔、錢鈔注「屑」字作「骨」。龐校、錢氏父子校同。丁校：「《爾雅》『骨』，《史記》注『枈』。」馬校：「『骨』，局誤『屑』。」潭州本、金州本、毛鈔注「朷」字作「扚」。韓校、顧校、龐校、錢振常校同。段校：「『朷』字作『扚』。」吕校：「『朷』作『扚』，段校是。」馬校：「『扚』，局誤作『朷』，不成字。」方校：「案：『屑』當从《釋器》作『骨』，『扚』譌『朷』，據宋本及《類篇》正。」

［五］明州本、錢鈔「竊」字作「竊」。龐校、錢振常校同。

［六］明州本、錢鈔「諜」字作「諜」，「嚓」字作「嚓」，注同。龐校同。

［七］明州本、毛鈔、錢鈔注「差」字作「羌」。龐校、錢振常校同。馬校：「宋誤。局作『差』。」

［八］潭州本、金州本「漆」字作「漆」。誤。明州本、毛鈔、錢鈔作「漆」，不誤。

〔九〕明州本、錢鈔注「厠」字作「厮」。顧校、龐校、錢振常校同。

〔一〇〕方校：「案：『聯』、『聯』譌『聯』、『聯』，據《類篇》及《五音集韻》正。」按：明州本、毛鈔、錢鈔「聯」字作「聯」。陳校、顧校、龐校、錢振常校同。又明州本、毛鈔、錢鈔「聯」字作「聯」。陳校、顧校、陸校同。馬校：「『聯』，局作『聯』，下『聯』複，宋作『聯』，不誤。」

〔一一〕方校：「案：『子』譌『了』，據《廣韻》、《類篇》正。」按：明州本、潭州本、金州本、毛鈔、錢鈔注「了」字正作「子」。陳校、顧校、陸校、龐校、錢氏父子校同。

〔一二〕方校：「案：『艸』譌『草』，據《類篇》正。宋本作『草』，亦非。」按：蒙所見毛鈔作「艸」。明州本、錢鈔亦同。龐校、錢氏父子校同。馬校：「『艸』，局作『草』。」

〔一三〕明州本、毛鈔、錢鈔注「博」字作「傅」。余校、韓校、陳校、龐校、錢氏父子校同。

〔一四〕陳校：「《説文》作『[illegible]』。」馬校：「《説文》不依《周禮》原文，故『國』上無『邦』字，今乃依《周禮》增入。丁所見《説文》如是。」又曰：「『節』當作『卩』，宋亦誤。」

〔一五〕陳校：「『攺』，《廣韻》作『㞋』，又音服。」方校：「案：『攺』係『㞋』字之譌，據《説文・又部》正。《類篇・攴部》作『攺』，尤誤。」

〔一六〕段校作「岊」，陳校同。方校：「案：『岊』譌『岊』，據《説文・山部》正，後同。」按：毛鈔「岊」字作「岊」，明州本、潭州本、金州本、錢鈔作「岊」，並誤。

〔一七〕方校：「案：『櫏』譌『櫏』，據二徐本正。」

〔一八〕方校：「案：『拭』譌从木。據《玉篇》、《類篇》正。」按：明州本、金州本、錢鈔注「栻」字正作「拭」。錢氏父子校同。

〔一九〕方校：「案：『趨』譌『趨』，據《廣韻》正。」按：明州本、潭州本、金州本、毛鈔、錢鈔注「趨」字正作「趨」。陳校、龐校、錢氏父子校同。

〔二〇〕明州本、潭州本、金州本、毛鈔、錢鈔「戳」字作「巑」，注同。陳校、顧校、龐校、錢振常校同。

〔二一〕方校：「案：『癘』譌『厲』，據《類篇》正。」按：曹本作「厲」，方校不知何據。

〔二二〕明州本、毛鈔、錢鈔「蠑」字作「蠑」，注同。陳校、顧校、錢氏父子校同。與《類篇》同。馬校：「『蠑』，局作『蠑』，注同。」

〔二三〕明州本、毛鈔、錢鈔注「龍」字作「䶬」。陳校、龐校、錢振常校同。馬校：「『䶬』，局誤『龍』。」

〔二四〕方校：「案：『很』譌『佷』，據《廣雅・釋詁三》正。」

〔二五〕方校：「案：『頬』譌『頬』，據《類篇》正。」按：明州本、錢鈔注「頬」字作「頬」。龐校、錢振常校同。

〔二六〕方校：「案：『蠟』譌『蠟』，據《爾雅・釋蟲》郭注正。」按：明州本、毛鈔、錢鈔注「蠟」字正作「蠟」。陳校、龐校、錢氏父子校同。

〔二七〕方校：「案：『鎳』譌从金，據《類篇》、《韻會》正。」按：明州本、毛鈔、錢鈔「鎳」字正作「鎳」。陳校、龐校、錢氏父子校同。

〔二八〕方校：「案：小徐本同，大徐本『迭』作『达』。」按：明州本、錢鈔注下「迭」字正作「达」。龐校、錢氏父子校同。與《説文》合。

〔二九〕明州本、錢鈔「墆」字作「墆」。錢振常校：「从『帶』之字作『帶』。」按：錢校「墆」下空一格。

〔三〇〕明州本、錢鈔「幯」字作「幯」。錢振常校同。

〔三一〕明州本、潭州本、金州本、毛鈔、錢鈔注「寝」字作「寑」。錢振常校同。

〔三二〕方校：「案：『冢』譌『冢』，據《類篇》正。」按：明州本、潭州本、金州本、毛鈔、錢鈔注「冢」字正作「冢」。余校、韓校、陳校、龐校、錢振常校同。黄彭年校：「案：『冢』，楝亭本誤作『冢』，此本作『冢』，則更譌矣。」

〔三三〕丁校據《説文》「畢」改「車」。馬校：「『車』，局誤『畢』。」方校：「案：『車』譌『畢』，據二徐本正。」按：明州本、潭州本、金州本、毛鈔、錢鈔注「畢」字正作「車」。

〔三四〕方校：「案：『説』下奪『文』字，據《類篇》增。『鋪』，小徐及段本同，大徐作『鋪』。『豉』，二徐竝作『豉』，此从攴，誤。」按：明州本、潭州本、金州本、毛鈔、錢鈔注「説」下有「文」字。余校、韓校、陳校、丁校、龐校、錢氏父子校同。馬校：「局奪『文』。」

[三五] 明州本、潭州本、金州本、毛鈔、錢鈔「蕺」字作「蕺」，注同。段校、龐校、錢振常校同。馬校：「局刻大字作『蕺』，小字作『蕺』。與宋互倒。」

[三六] 陳校：「『蝨』見本紐上。」

[三七] 方校：「案：『惕』譌『惕』，『緩』譌『綬』，據《方言》六正。」按：明州本、潭州本、金州本、毛鈔、錢鈔注「綬」字正作「緩」。陳校、陸校、龐校、錢氏父子校同。馬校：「『緩』，局誤『綬』。」

[三八] 陳校从「艹」。

[三九] 方校：「案：『捎』譌『揹』，據《廣韻》正。」按：明州本、毛鈔、錢鈔注「揹」字作「捎」。龐校、錢氏父子校同。段校「揹」作「攄」。陳校、陸校同。馬校：「當作『攄』，宋亦誤。」

[四〇] 陳校：「『戥』作『戥』，同。見《質韻》直質切。」

[四一] 陳校：「『鐵』，《類篇》作『鐵』。」按：明州本、毛鈔、錢鈔「鐵」字正作「鐵」。顧校、龐校、錢振常校同。

[四二] 丁校「衷」據《説文》作「衺」。按：明州本、毛鈔、錢鈔注「衷」字正作「衺」。余校、韓校、陳校、顧校、陸校、龐校、錢振常校校同。馬校：「『衺』，局作『衷』，不成字。」方校：「案：『衺』譌『衷』，據宋本及大徐《説文》正。小徐本作『斜』，非。」按：潭州本、金州本作「衷」，亦非。

[四三] 陳校「謚」作「謚」。

[四四] 方校：「案：『矢』譌『失』，據《説文》正。『仄』當作『仄』。後詰結切『矢』作『矢』，『仄』作『女』，尤誤。」按：明州本、潭州本、金州本、毛鈔、錢鈔「失」字正作「矢」。陳校、龐校、錢氏父子校同。馬校：「局誤『失』，當作『矢』。」又明州本、毛鈔、錢鈔注「仄」字作「仄」。段校、陳校、龐校、錢氏父子校同。

[四五] 明州本、潭州本、金州本、毛鈔、錢鈔注「戾」字作「戾」。陳校同。

[四六] 錢校「染」字作「染」。

[四七] 潭州本、金州本、毛鈔「呼」字作「呼」。汪校、陳校、陸校、錢振常校同。段校：「宋本『呼』，亦誤，當是『呼』。」馬校同。方校：「案：『呼』譌『呼』，據《玉篇》正。宋本作『呼』，亦誤。」

[四八] 明州本、錢鈔注「鷄」字作「雞」。錢振常校同。

[四九] 明州本、毛鈔、錢鈔注「奥」字作「奥」。龐校、錢振常校同。

[五〇] 段校「右」作「左」。陳校、陸校、龐校同。馬校：「『右』當作『左』，宋亦誤。」

[五一] 方校：「案：『涅』，《説文》从水，从土，日聲，此與下文『揑』从工，竝非。《廣韻》『土』上从『臼』，尤誤。《類篇》亦可證。」按：明州本、毛鈔、錢鈔「涅」字正作「涅」。陳校同。馬校：「『涅』从土。局作『涅』，从工，亦誤。」

[五二] 馬校：「案：《漢志》上黨郡涅，今名本作涅氏，漢有涅縣，無涅氏縣，丁所據是也。《水經注》汝水出上黨涅縣謁戾山，涅下無『氏』字。」

[五三] 段校：「宋本『二』作『三』，誤」。

[五四] 明州本、毛鈔、錢鈔「捏」字作「捏」。

[五五] 明州本、錢鈔注「作」字作「从」，誤。潭州本、金州本作「作」，不誤。

[五六] 明州本、毛鈔、錢鈔注「攵」字作「攴」。龐校、錢振常校同。

[五七] 明州本、錢鈔「茶」字作「苶」。潭州本、金州本作「茶」，不誤。

[五八] 明州本、潭州本、金州本、毛鈔、錢鈔注「从」字作「作」。汪校、龐校、錢校同。馬校：「『或作』局作『或从』。」

[五九] 明州本、毛鈔、錢鈔注「宂」字作「穴」。錢振常校同。

[六〇] 陳校从「執」。按：明州本、潭州本、金州本、毛鈔、錢鈔「槷」字作「槷」。龐校同。馬校：「『槷』，局作『槷』。」

[六一] 潭州本、金州本、毛鈔「哪」字作「哪」。龐校、錢氏父子校同。明州本、錢鈔作「哪」，誤。

[六二] 明州本、潭州本、金州本、毛鈔、錢鈔注「染」字作「染」。錢校同。

[六三] 馬校：「『擷』从扌，宋誤。局作『襭』。」按：明州本、毛鈔、錢鈔注「襭」字作「槙」，从木，誤。

[六四] 明州本、潭州本、金州本、毛鈔、錢鈔「齕」字作「齕」。段校、陳校、龐校、錢氏父子校同。馬校：「局誤『齕』，《廣韻》作『齕』。」

[六五] 明州本、毛鈔、錢鈔注「齧」字作「齧」，少一筆。

[六六] 龐校：「『絜』翁改『絜』。」按：明州本、潭州本、金州本、毛鈔、錢鈔注「朿」字作「束」。陳校、龐校同。莫校：「『束』，曹本誤『朿』，呂作『束』。」

[六七] 方校：「案：『很』譌『佷』，據《說文》、《廣韻》正。」

[六八] 明州本、錢鈔「獺」字作「傾」。龐校：「宋誤。」

[六九] 方校：「案：『係』譌『絛』，據《莊子・山木篇》正。」按：明州本、毛鈔、錢鈔注「絛」字正作「係」。陳校、龐校、錢氏父子校同。馬校：「『係』，局作『絛』。」潭州本、金州本注作「係」，誤字。

[七〇] 陳校：「『鳿』，《類篇》作『鴻』。」按：明州本、錢鈔注「鳿」字正作「鴻」。錢校同。

[七一] 陳校：「『䟴』當入《帖韻》檄頰切。」

[七二] 陳校：「『琉』，《類篇》作『疏』。」

[七三] 方校：「案：『覈』譌『覈』，據《說文》、《廣韻》正。」

[七四] 明州本、毛鈔、錢鈔「沓」字作「沓」。龐校、錢振常校同。按：《廣雅・釋訓》作「沓」。

[七五] 明州本、錢鈔「歆」字作「歆」，注同。錢振常校同。

[七六] 陳校：「『頸』當作『脛』。」按：《說文・革部》「䩕」篆王筠句讀：「『脛』，《類篇》作『頸』，非也。欲牛行，則施繩於角牽之；於牛止，則施繩於脛而絆之。未有繫頸者。」

[七七] 方校：「案：『頫』譌『顱』，據《篇》、《韻》正。」明州本、金州本、毛鈔、錢鈔「顱」字正作「頫」。段校、陳校、龐校、錢氏父子校同。馬校：「『頫』，局作『顱』。」

[七八] 明州本、毛鈔、錢鈔「矢」字作「矢」。陳校、錢校同。參見本韻力結切「失」字校語。

[七九] 明州本、毛鈔、錢鈔注「女」字作「仄」。余校、段校、韓校、陳校、陸校、錢氏父子校同。馬校：「『仄』，局誤『女』。」

[八〇] 方校：「案：『傾』譌『傾』，據《說文》、《類篇》正。」按：明州本、潭州本、金州本、毛鈔、錢鈔注「傾」字正作「傾」。陳校同。

[八一] 方校：「案：『蜻』，《韻會》作『瓅』，與郭璞《江賦》正文及注同。《類篇》作『瑣』，『瑣』、『瓅』古通用。」

[八二] 明州本、毛鈔、錢鈔注「三」字作「二」。馬校：「『二』字，宋本誤，局作『三』。」按：潭州本、金州本作「三」。此小韻實三十六字。

[八三] 方校：「案：《廣韻》作『猞猞』，《類篇》作『猞猸』，今从《類篇》。」

[八四] 陳校：「『艾』，《類篇》作『女』。」按：明州本、潭州本、金州本、毛鈔、錢鈔注「艾」字正作「女」。段校、陳校、陸校、錢氏父子校同。馬校：「『女』，局作『艾』。」

[八五] 余校注「人」作「也」。韓校、陳校、錢校同。方校：「案：『魚』下『也』譌『人』，據二徐本正。」

[八六] 方校：「案：『桃』譌『枇』，據《釋木》正。」按：明州本、毛鈔、錢鈔注「枇」字正作「桃」。段校、陳校、龐校、錢氏父子校同。馬校：「『桃』，局作『枇』，不成字。」

[八七] 丁校據《漢書・地理志》作「鄭」。按：明州本、潭州本、金州本、毛鈔注「鄭」字正作「鄭」。錢鈔注作「鄭」，少一橫。馬校：「『鄭』，局作『鄭』，不成字。」方校：「案：『鄭』譌『鄭』，據宋本及《漢書・地理志》正。」

[八八] 方校：「案：『螻』譌『螻』，『土』譌『士』，『座』譌『座』，竝據《類篇》正。」按：明州本、潭州本、金州本、毛鈔、錢鈔注「士」字正作「土」。余校、韓校、陳校、龐校、錢校同。呂校：「宜作『土』。」馬校：「『土』，局誤『士』。」又明州本、毛鈔、錢鈔注「座」字作「座」。顧校、陸校、龐校、錢氏父子校同。

[八九] 陳校：「『首』，《山海經》作『身』。」方校：「案：此見《山海經》二《西山經》，『白身』譌『四首』，今正。」

[九〇] 明州本、毛鈔、錢鈔「壼」字作「壺」。龐校、錢氏父子校同。馬校：「『壺』，局作『壼』，注同。」

[九一] 方校：「案：『槷』譌『槷』，據《小爾雅》正。下『摯』當从《考工記・輪人》注作『摯』。」按：明州本、潭州本、金州本、毛鈔、錢鈔「槷」字作「槷」，注同。顧校、錢振常校同。馬校：「『槷』，局作『槷』，从執，注同。」

[九二] 陳校：「『摯』當从執。」按：潭州本、金州本「摯」字正作「摯」，注同。顧校同。

[九三] 陸校「蘖」作「蘖」。方校：「案：『蘖』當从《類篇》作『蘗』。」馬校：「『蘗』，局作『蘖』，誤。」

[九四] 明州本、潭州本、金州本、毛鈔、錢鈔「旹」字作「旹」，注同。陳校、顧校、龐校、錢氏父子校同。馬校：「局作『旹』，注同。」方校：「案：『旹』譌『旹』，據宋本及《類篇》正。」

[九五] 陳校：「从宀、八。」方校：「案：《字鑑》『穴，从宀，八聲』，俗作『穴』，非。『穴』在七篇《宀部》，而隴切，㪉也。注『室』上奪『土』字，據宋本及許書補。」按：「土」字，顧氏重修本已補。錢振常校：「从『穴』之字同。」

[九六] 方校：「案：『揑』譌『揑』，據《類篇》正。『揑』訓擊見張衡《西京賦》注，『擊』下奪『也』字，亦據《類篇》補。」按：明州本、潭州本、金州本、毛鈔、錢鈔注「揑」字正作「揑」。段校、陳校、龐校、錢校同。馬校：「『揑』，局作『揑』。」

[九七] 方校：「案：『映』譌『映』，據《類篇》正。」按：明州本、毛鈔、錢鈔「映」字正作「映」。陳校、顧校、陸校、龐校、錢氏父子校同。馬校：「『映』，局作『映』，注同。」

[九八] 馬校：「宋本『也』下脱『或』字，空格，局有。」按：蒙所見毛鈔有「或」字。

[九九] 方校：「案：『出』上奪『疾』字，據《說文》補。小徐本無『穴』字。」

[一〇〇] 方校：「案：『闕』譌『闕』，據《廣韻》、《類篇》正。」按：金州本注「闕」字正作「闕」。龐校、錢氏父子校同。

[一〇一] 陳校从「夬」。方校：「案：『鴂』中譌从史，據《說文》、《類篇》正。」按：明州本、毛鈔、錢鈔「鴂」字作「鴂」。余校、韓校、陳校、龐校、錢氏父子校同。

[一〇二] 潭州本、金州本注「倩」字作「倩」。龐校、錢氏父子校同。馬校：「『倩』，局作『倩』。」

[一〇三] 方校：「案：《廣雅・釋詁三》未見，王氏據此及《玉篇》、《類篇》補。」

[一〇四] 明州本、毛鈔、錢鈔「缺」字作「缺」。馬校：「『凡』『缶』旁宋本皆如此作，局俱作『缶』。」

[一〇五] 潭州本、金州本「鱖」字作「鱖」。錢振常校同。明州本、錢鈔作「鱖」，皆誤。

[一〇六] 龐校云：「《博雅》作『剌』。」

[一〇七] 明州本、錢鈔「沉」字作「沉」。錢振常校同。

[一〇八] 方校：「案：《方言》十三『柍』上有『棏』字。」

[一〇九] 潭州本、金州本注「袦」字作「袦」。錢振常校同。

[一一〇] 明州本、潭州本、金州本、毛鈔、錢鈔注「曰」字作「也」。余校、韓校、陳校、陸校、龐校、錢氏父子校同。馬校：「『也』，局誤『曰』，宋不誤。」

[一一一] 明州本、潭州本、金州本、毛鈔、錢鈔「雉」字作「雉」。陳校、顧校、陸校、龐校、錢氏父子校同。馬校：「『雉』，局作『雉』。」

[一一二] 方校：「案：『決』譌『決』，據《類篇》正。」按：明州本、毛鈔、錢鈔注「決」字正作「決」。顧校、錢氏父子校同。馬校：「『決』，局誤『決』。」

[一一三] 明州本、錢鈔注「蚌」字作「蚌」。余校同。《類篇・酉部》作「蚌」。

[一一四] 余校「蚒」下增「蚗」字。陳校同。馬校：「『蚒』下當有『蚗』字。宋亦誤奪。」方校：「案：『蚒』下奪『蚗』字，據大徐本補。《類篇》『蚗蚒』二字竝奪。」按：明州本、錢鈔注「蚒」字作「蚒」。陳校、錢校同。誤。潭州本、金州本作「蚒」。

[一一五] 明州本、毛鈔、錢鈔「歖」字作「歖」。龐校、錢氏父子校同。

[一一六] 方校：「案：『匹』譌『四』，據《類篇》、《韻會》正。」按：明州本、金州本、毛鈔、錢鈔注「四」字正作「匹」。陳校、顧校、陸校、龐校、錢氏父子校同。馬校：「『匹』，局誤『四』。」許克勤校：「勤案：《字典》引作『匹』。」

[一一七] 余校「左」作「右」。韓校、陸校同。段校：「今《說文》作『又』。」馬校同。方校：「案：二徐本『左』竝作『右』，段校作『又』。」

［一一八］陳校：「『瞥』、『覽』又入《薛韻》。」

［一一九］方校：「案：《類篇》『鉢』下大字奪，注文作『馛』，非。『馛』，蒲撥切，此當作『𩡧』。」按：明州本、錢鈔「鉢」、「𩡧」作「鉢」、「𩡧」。顧校、龐校、錢氏父子校同。馬校：「『𩡧』，局作『𩡧』，注同。」

［一二〇］方校：「案：『䅗』譌『稀』，據《廣雅·釋訓》正。」按：明州本、潭州本、金州本、毛鈔、錢鈔注「稀」字正作「䅗」。陳校、龐校、錢氏父子校同。馬校：「上『䅗』，局誤『稀』。」

［一二一］陳校：「『踼』字當作『踶』，見《類篇》。」按：明州本、潭州本、金州本、毛鈔、錢鈔注「踼」字正作「踶」。段校、韓校、陳校、陸校、龐校、錢氏父子校同。馬校：「『踶』，局作『踼』。」

［一二二］方校：「案：『牽』譌『𤛓』，據《類篇》正。」按：明州本、毛鈔、錢鈔注「𤛓」字正作「牽」。龐校、錢振常校同。

［一二三］明州本、潭州本、金州本、毛鈔、錢鈔「䀹」字作「䀹」。陳校、龐校、錢振常校同。

［一二四］方校：「案：『𠡠』譌『𠡠』，據《廣韻》正。後『搥』、『槌』等字同。」

［一二五］明州本、潭州本、金州本、錢鈔「閉」字作「閉」。顧校、龐校、錢振常校同。

［一二六］明州本、潭州本、金州本、錢鈔注「閉」字作「閉」。陸校、龐校、錢氏父子校同。

［一二七］明州本、潭州本、金州本、錢鈔注「紲」字作「紲」。錢氏父子校同。

［一二八］方校：「案：『蝭』譌『蝭』，據《廣雅·釋蟲》正。」按：明州本、毛鈔、錢鈔注「蝭」字正作「蝭」。陳校、龐校、錢氏父子校同。

［一二九］明州本、潭州本、金州本、毛鈔、錢鈔注「蛈」字作「蛈」。誤。《廣雅·釋蟲》仍作「蛈」。

［一三〇］陳校：「《廣韻》从『木』。」

［一三一］余校「跂」作「跛」。韓校、陳校同。方校：「案：『跛』譌『跂』，據二徐本正。《類篇》正文作『𨂲』，注文作『跂』，亦誤。」按：潭州本、金州本、錢鈔注「跂」作「跂」，誤。

［一三二］方校：「案：《玉篇》、《廣韻》『瘍』作『瘍』，《類篇》作『瘍』。」按：明州本、毛鈔、錢鈔「瘍」字作「瘍」。余校、韓校、顧校、龐校、錢氏父子校同。馬校：「『瘍』，局作『瘍』，《廣韻》作『瘍』。」

［一三三］明州本、毛鈔、錢鈔「獘」字作「獘」。韓校、陳校、龐校同。

［一三四］丁校據《說文》「首」字作「苜」。按：明州本、潭州本、金州本、毛鈔、錢鈔注「首」字作「苜」。陳校、龐校、錢氏父子校同。馬校：「『苜』，局誤『首』。」方校：「案：『苜』譌『首』，據宋本及二徐本正。」某氏校：「『蔑』，改从『苜』，則上不从艸。『苜』係四篇部首，與『苜蓿』之『苜』上从艸者不同。下从戌作『蔑』者放此。」

［一三五］汪校「从」改「以」。丁校據《說文》改「以」。方校：「案：『以』譌『从』，據二徐本正。」按：明州本、潭州本、金州本、毛鈔、錢鈔注「从」字正作「以」。陳校、顧校、陸校、龐校、錢氏父子校同。馬校：「『以』，局誤『从』。」又明州本、錢鈔大字誤作「巕」。

［一三六］方校：「案：『末』譌『未』，《類篇》同，據《廣雅·釋詁一》正。」按：明州本、毛鈔「未」字正作「末」。汪校、陳校、顧校、陸校、龐校、錢振常校同。馬校：「『末』，局誤『未』。」

［一三七］明州本、錢鈔注「不」字作「文」。龐校、錢振常校同。

［一三八］陳校：「『醋』，當作『醋』。」

［一三九］明州本、金州本、毛鈔注「滅」字作「泧」。陳校、龐校同。

［一四〇］方校：「案：《釋器下》奪，王氏據此及《玉篇》、《廣韻》、《類篇》補。」

［一四一］明州本、金州本、毛鈔、錢鈔注「少」字作「尐」。段校、陳校、陸校、龐校、錢振常校同。馬校：「『尐』，局誤『少』。」方校：「案：『尐』譌『少』，據宋本及《廣韻》正。」

［一四二］方校：「案：《說文》『一曰』下緊接『襌被』，竝無缺文。又《類篇》『蔑』譌『篾』。」按：潭州本注「襌」上空二格。明州本、金州本、毛鈔、錢鈔注不空。段校：「無缺文。」馬校：「局刻『一曰』下空二格，旁有『缺』字，宋不空。」龐校：「宋本不空，無空格。」

［一四三］明州本、毛鈔、錢鈔从「犳」。錢振常校：「从『犳』，小字同。」

［一四四］　方校：「案：『稍』譌『稍』，據《廣韻》正。」按：明州本、金州本、毛鈔、錢鈔注「稍」字正作「糊」。陳校、龐校、錢校同。

［一四五］　方校：「案：『桃枝』譌『挑衼』，據《尚書·顧命》傳正。」按：明州本、毛鈔、錢鈔注「挑衼」正作「桃枝」。余校、韓校、陳校、陸校、龐校、錢氏父子校同。馬校：「『桃枝』局作『挑衼』。」

［一四六］　馬校：「案：『蔑』讀與蔑同，于音見義也。《尚書·顧命》作『蔑』，今作『篾』，衛包所改之俗字也。『纖』當作『纖』，詳段氏《說文注》。」

［一四七］　明州本、潭州本、金州本注「僭」字作「僣」。錢振常校同。

［一四八］　方校：「案：此係新坿字。」

［一四九］　馬校：「案：《公羊》作『眛』，《穀梁》同《左》『蔑』。見隱元年。又文七、十年《公羊》『晉先眛』，《左》、《穀》皆作『蔑』。『眛』从目未聲，石經不誤，今讀作『日』旁『末』矣。丁氏不云人名，失之。又案：襄二十七年《公羊傳》『眛雉』音蔑。」

［一五〇］　明州本、潭州本、金州本、錢鈔「蔑」字作「蔑」。毛鈔作「蔑」。段校、陳校、龐校、錢氏父子校同。汪校从攴。馬校：「『蔑』，局作『蔑』，注同。」

［一五一］　陳校从「丱」。方校：「案：『茁』譌『茁』，據《類篇》正。」

十七薛

［一］　明州本、錢鈔無注「一」字。龐校：「『省』下略空，無『一』字。」按：潭州本、金州本、毛鈔有「一」字。

［二］　「絏」當作「絏」。又明州本、潭州本、金州本、錢鈔注「紲」字作「紲」。錢振常校同。

［三］　方校：「案：『紶』譌『紶』，據《說文》正。」

［四］　方校：「案：『瞑晦』譌从目，據《類篇》正。」按：明州本、金州本、毛鈔、錢鈔注「瞑晦」正作「暝晦」。余校、韓校、陳校、顧校、陸校、龐校、錢氏父子校同。馬校：「『暝晦』，局作『瞑晦』，誤。」

［五］　余校去「娍」上點。按：明州本、潭州本、金州本、毛鈔、錢鈔「娍」上並有點。

［六］　陳校：「『偰』入《屑韻》。懱偰，淨也。」

［七］　余校「离离」作「离离」。韓校同。方校：「案：『离离』譌『离离』，據《說文》正。」

［八］　馬校：「案：『蟄』从執，是也。《六至》从執，誤。《二十六緝》有『蟄』字，形聲並誤矣。」

［九］　丁校據《說文》「粮」作「粻」。吕校：「《說文》作『粻』。」

［一〇］　陳校：「『躄』入《屑韻》。」

［一一］　陳校：「『揳』入《屑韻》。擸揳，不正也。」

［一二］　方校：「案：『擸』譌从木，據《類篇》、《韻會》正。」按：明州本、毛鈔、錢鈔注「櫼」字正作「擸」。陳校、陸校、龐校、錢校同。馬校：「『擸』，局誤从木。」

［一三］　方校：「案：『櫼』譌『擸』，據《說文》正。」按：明州本、毛鈔、錢鈔注「擸」字作「櫼」。陳校、顧校、龐校同。潭州本、金州本注作「擸」。

［一四］　明州本、潭州本、金州本、毛鈔、錢鈔注「執」字作「執」。龐校、錢氏父子校同。

［一五］　方校：「案：『桃』譌『挑』，據《爾雅·釋木》正。『从執』當云『从執』。鄭司農《考工記·輪人》『大而短則摰』注云：『摰讀爲槷，謂輻危槷也。』又『牙得則無槷而固』，注云：『槷，摋也。蜀人言摋曰槷。』康成謂『槷』讀若涅，从木，熱省聲。據此則『从執』之誤無疑。『椴』當改『摋』，但下文又出『摋』字，豈丁氏等所見《考工記》注文不同耶？《類篇》此四字竝不誤。」

［一六］　方校：「案：『摋』譌从木，據《公羊·莊十二年傳》正。」按：明州本、潭州本、金州本、毛鈔、錢鈔「椴」字正作「摋」。

陳校、龐校、錢校同。

[一七] 按：《類篇・毛部》作「毴」，未見「毹」字。《先部》亦未見。

[一八] 明州本、錢鈔注「子」字譌「予」。龐校、錢振常校同。潭州本、金州本、毛鈔注作「子」。

[一九] 丁校：「『峒』，《說文》作『蛔』。」呂校：「宜作『蛔』。」方校：「案：『蛔』譌『峒』，據《說文》正。」按：明州本、金州本、毛鈔、錢鈔注「峒」字正作「蛔」。陳校、顧校、龐校同。馬校：「『蛔』，局誤『峒』。」

[二〇] 明州本、毛鈔、錢鈔「尐」字作「尐」。顧校、龐校、錢氏父子校同。馬校：「案：《廣韻》同。《廣韻・十六屑》：『𥟦尐，小也。』『尐』，即列切，與《說文》之聲讀若輟皆本音也。今音子結切則轉《屑韻》矣。《孟子・告子篇》『力不能勝一尐雞』，孫宣公音義作『尐』，今譌爲『匹』字。」

[二一] 馬校：「案：『夗』是《字林》夭札字，見《左傳釋文》。」

[二二] 陳校：「『鬣』又入《屑韻》。」

[二三] 方校：「案：『髟』譌『髟』，據《類篇》及注文正。」按：明州本、金州本、毛鈔、錢鈔「髟」字正作「髟」。龐校、錢氏父子校同。

[二四] 陳校：「『瀸』、『襶』二字入《屑韻》。」

[二五] 按：注「蝳」字當作「蜻」。參見前《質韻》子悉切「蚍」字。

[二六] 陳校：「从衣，截聲。」方校：「案：『襶』當作『襶』，《類篇》作『襶』，尤誤。」

[二七] 明州本、錢鈔注「相」字作「蘇」。龐校、錢氏父子校同。馬校：「『蘇』，局作『相』。」按：「相」、「蘇」同在心紐。

[二八] 明州本、錢鈔注「勺」字作「皃」。錢校同。

[二九] 明州本、錢鈔注「沛和」作「涑秏」。錢校同。誤。按：潭州本、金州本、毛鈔注作「沛和」。

[三〇] 明州本、錢鈔注「表」字作「麦」。誤。按：潭州本、金州本、毛鈔注作「表」，不誤。

[三一] 方校：「案：『曰』譌『日』，據《說文》正。『置』，《晉語》及《類篇》同。二徐及段校本竝作『致』。」按：明州本、潭州

本、金州本、毛鈔、錢鈔注「日」字作「曰」。余校、段校、韓校、陳校、陸校、龐校、錢氏父子校同。馬校：「『曰』，局誤『日』。」

[三二] 《類篇・糸部》同。引《說文》「斷」下有「絲」字，疑此脫。參見下情雪切「絕」字。

[三三] 方校：「案：『橇』譌『撬』，據《史記・夏本紀》正。」按：明州本、潭州本、金州本、毛鈔、錢鈔「撬」字正作「橇」。陳校、龐校同。

[三四] 明州本、錢鈔注「摘」字作「樆」。龐校、錢振常校同。

[三五] 明州本、潭州本、金州本、毛鈔、錢鈔注「其」字作「具」。段校、韓校、陳校、陸校、龐校、錢氏父子校同。馬校：「『具』，局作『其』。」方校：「案：『具』譌『其』，據宋本及《類篇》正。」

[三六] 方校：「案：『拈』譌『拈』，據《類篇》正。《玉篇》作『枯』，尤誤。」按：潭州本、金州本、毛鈔注「拈」字正作「拈」。余校、段校、韓校、陳校、陸校、龐校、錢氏父子校同。馬校：「局誤『拈』，下似絶切作『拈』。」

[三七] 明州本、錢鈔注「妛」字作「㚖」。龐校同。誤。潭州本、金州本、毛鈔注作「妛」，與正文同。

[三八] 方校：「案：『蚌』譌『蚌』，據《廣韻》正。」按：毛鈔注「蚌」字正作「蚌」。陳校、龐校、錢氏父子校同。潭州本、金州本作「蚌」，少筆。明州本、錢鈔作「蓒」，誤字。

[三九] 明州本、金州本、錢鈔注「情」字作「徂」。龐校、錢氏父子校同。「情」、「徂」同在從紐。

[四〇] 方校：「案：『斷』，段注改『斷』。又『㡭』必从《說文》作『㡭』，方合注義，《類篇》不誤。」馬校：「『㡭』，局作『㡭』。」

[四一] 明州本、潭州本、金州本、錢鈔注「从」字作「作」。錢振常校同。

[四二] 陳校：「『勤』，《類篇》作『勭』。」

[四三] 明州本、金州本、毛鈔、錢鈔注「止」字作「山」。余校、段校、韓校、陳校、陸校、龐校、錢氏父子校同。馬校：「『山』，局誤『止』。」

[四四] 段校：「丁氏妄增『記』字。」

［四五］方校：「案：『哲』係大徐《説文》本字，此从小徐注。兩『晣』字二徐竝作『晣』，段校改『哲』。」按：明州本、錢鈔注「晣」字正作「晣」。錢校同。

［四六］丁校據《廣雅》作「膌」。方校：「案：『𦟝』譌『𦟝』，『脜』譌『脜』，據《廣雅·釋器》正。」按：明州本、毛鈔、錢鈔「𦟝」字正作「𦟝」。龐校、錢氏父子校同。馬校：「『𦟝』局作『𦟝』。」又明州本、潭州本、金州本、毛鈔、錢鈔注「脜」字正作「膌」。段校、陸校、龐校、錢校同。馬校：「『膌』，局誤『脜』。」

［四七］方校：「案：『𣂼』譌『𣂼』，據《説文》正。」按：明州本「𣂼」字正作「𣂼」。錢振常校同。參見後食列切「折」字。

［四八］明州本、錢鈔「臭」字作「臭」。潭州本、金州本作「臬」，誤。

［四九］方校：「案：『舌』音括，當从千从口作『舌』。『別味』下《韻會》有『者』字，段校从之，并删『言』下『也』字。二徐本、《類篇》竝與此同。」

［五〇］丁校據《説文》作「𣂼」。方校：「案：『𣂼』、『𣂼』譌『𣂼』、『𣂼』，據《説文·艸部》正。」按：明州本、毛鈔「𣂼」字作「𣂼」。陳校、顧校、龐校、錢氏父子校同。又毛鈔「𣂼」字作「𣂼」。陳校、顧校、龐校、錢氏父子校同。

［五一］曹本無注「竹席」二字，顧氏重修本已補。明州本、潭州本、金州本、毛鈔、錢鈔皆有注「竹席」二字。方校：「案：缺處係『竹席』二字，據宋本及《類篇》正。」

［五二］方校：「案：『怢』當从《類篇》作『怢』。」按：明州本、潭州本、金州本、毛鈔、錢鈔「怢」字正作「怢」。陳校、龐校、錢氏父子校同。馬校：「『怢』，局誤从犬。」

［五三］明州本、錢鈔注「脂」字作「脂」。龐校同。

［五四］方校：「案：『炪』當从《類篇》作『炪』。」按：明州本、潭州本、金州本、錢鈔皆作「炪」。

［五五］明州本、潭州本、金州本、錢鈔注「嘗」字作「嘗」。錢氏父子校同。

［五六］方校：「案：『䔬』譌从茶，據《類篇》正。」按：明州本、毛鈔、錢鈔「䔬」字作「䔬」。陳校、顧校、龐校、錢校同。馬校：「『䔬』，局作『䔬』，下朱劣切作『䔬』。」

［五七］方校：「案：『蹷』譌『蹷』，據《類篇》正。《方言》十三郭注作『蹶』，同。」按：明州本、金州本、毛鈔、錢鈔注「蹷」字正作「蹷」。龐校、錢氏父子校同。潭州本作「蹷」，誤。

［五八］方校：「案：『棳』譌『掇』，據《爾雅·釋宫》音義正。」按：明州本、金州本、毛鈔、錢鈔注「掇」字正作「棳」。陳校、錢氏父子校同。

［五九］余校：「《地理志》益州有毋棳縣。」方校：「案：《漢書·地理志》作『毋棳』，『毋』讀與無同，莽改『有棳』。」

［六〇］明州本、毛鈔、錢鈔注「如」字作「儒」。龐校、錢振常校同。馬校：「『儒』，局作『如』。」按：「如」、「儒」同在日紐。

［六一］方校：「案：『㨗』譌『㨗』，據《類篇》及本文正。」按：明州本、金州本、毛鈔、錢鈔注「㨗」字正作「㨗」。馬校：「『㨗』局作『㨗』。」

［六二］陳校：「『一曰聲也』當入『𠟭』字。」

［六三］明州本、毛鈔、錢鈔注「染」字作「染」。

［六四］陳校：「『𣪩』字入《黠韻》，音察。」

［六五］明州本、毛鈔、錢鈔注「鷄」字作「雞」。龐校同。

［六六］段校：「『舌』字，即『昏』也。」陸校作「昏」。方校：「案：《廣雅·釋詁三》無『𠯑』字，或即『昏』字之譌，惟『昏』音括，不音哲。」

［六七］明州本、潭州本、金州本、毛鈔、錢鈔注「彤」字作「彤」。顧校、龐校、錢氏父子校同。

［六八］明州本、潭州本、毛鈔「𠟭」字作「𠟭」。陳校、龐校同。與《説文》合。馬校：「『𠟭』，局誤从刀。」

［六九］丁校據《説文》作「摘」。按：明州本、毛鈔注「擿」字正作「摘」。余校、韓校、陳校、龐校、錢振常校同。汪校从「商」。呂校：「宜作『摘』。」馬校：「『摘』，局誤『擿』。」又明州本、金州本、錢鈔注「蔟」字作「蔟」。毛鈔注作「蔟」。余校、段校、韓校、陳校、陸校、龐校、錢振常校同。馬校：「『蔟』，局作『蔟』，不成字。」方校：「案：『樀』譌『擿』，『蔟』譌『蔟』，據宋本及二徐本正。」

［七〇］方校：「案：『鰍』譌『鰍』，據《玉篇》、《類篇》正。《廣韻》亦作『鰍』。」

［七一］明州本、毛鈔注「颭」字作「颭」。龐校同。與《類篇》合。

［七二］明州本、錢鈔「爈」字作「蠣」。誤。潭州本、金州本、毛鈔作「爈」。段校：「宋作『纈』。」馬校：「『纈』，宋本誤，局作『爈』。」按：明州本、錢鈔注作「纈」，缺三點。

［七三］方校：「案：『丨』譌『亅』，據大徐《說文》正。小徐本『上』、『下』作『丄』、『丅』。」按：明州本、毛鈔、錢鈔「亅」字作「丨」。陳校、陸校、龐校同。

［七四］余校「迹」上增「車」字。方校：「案：此係新坿字，毛刻『迹』上有『車』字。」

［七五］明州本、毛鈔、錢鈔「瞮」字作「瞮」。陳校、顧校、陸校、龐校、錢校同。馬校：「『瞮』，局誤『瞮』。」

［七六］方校：「案：『徹』譌『檄』，以《爾雅・釋木》音義正。」按：明州本、潭州本、金州本、錢鈔注「檄」字作「徹」。錢校同。

［七七］方校：「案：毛刻『烈』作『列』，影宋本《說文》及《類篇》與此同。」

［七八］方校：「案：『例』通『迾』，未詳。今據《禮記・玉藻》注改『例』爲『迾』。」

［七九］方校：「案：今本《廣雅・釋訓》『烈烈』作『烮烮』，王氏據此及《類篇》訂正。」

［八〇］明州本、錢鈔注「例」字作「栵」。誤。潭州本、金州本、毛鈔作「例」。

［八一］陳校：「『雷』作『電』。」按：「蛚蝛」即「列缺」。《文選・張平子〈思玄賦〉》：「豐隆軯其震霆兮，列缺曄其照夜。」李注引舊注：「列缺，電也。」

［八二］明州本、潭州本、金州本、毛鈔、錢鈔「䊨」字作「䊨」。陳校、龐校同。

［八三］明州本、錢鈔注「穰」字缺末筆。錢振常校同。

［八四］陳校：「『䒷』又見《真韻》之人切『蒏』字上注。又《爾雅》云：『䒷，勃䒷。一名石芸。』」按：「一名石芸」爲郭注。

［八五］方校：「案：『析』，《類篇》譌『折』。《詩・東山》『烝在栗薪』鄭箋可證。」

［八六］方校：「案：『刿』譌从刀，據《類篇》及注義正。」按：明州本、潭州本、金州本、毛鈔、錢鈔「刿」字正作「刿」。陳校、龐校、錢校同。馬校：「『刿』，局从刀。」

［八七］明州本、金州本、毛鈔、錢鈔注「株」字作「株」。陳校、龐校同。馬校：「『株』，局誤『株』。」

［八八］馬校：「『聯』，局作『聮』，俗。」按：蒙所見毛鈔作「聮」，馬氏不知何據。

［八九］方校：「案：許書『輟』作『𨋲』，《网部》、《車部》兩收。宋本《集韻》正文『輟』下有『䜌』字，今據補，注文亦可證。」按：明州本、毛鈔、錢鈔正文「輟」字下有「䜌」字。段校、韓校、陸校、龐校、錢振常校同。董校：「『䜌』在『輟』下。」馬校：「局刻此字誤脱，注有『古作䜌』三字。」

［九〇］明州本、錢鈔注「也」字作「之」。龐校同。

［九一］方校：「案：『裰』譌从木，據《類篇》正。」按：明州本、潭州本、金州本、毛鈔、錢鈔注「棳」字正作「裰」。龐校、錢氏父子校同。馬校：「『裰』，局作『棳』。當从示作『裰』。」陸校作「棳」，誤。

［九二］明州本、毛鈔、錢鈔注「疲」字作「披」，龐校、錢氏父子校同。

［九三］毛鈔「蠿」字作「蠿」。段校、韓校同。馬校：「『蠿』，局作『蠿』，誤。」方校：「案：『蠿』譌『蠿』，據宋本及《說文》正。」

［九四］明州本、錢鈔注「蝨」字作「蝨」。龐校、錢振常校同。

［九五］明州本、潭州本、金州本、毛鈔、錢鈔注「矬」字作「綴」。龐校、錢氏父子校同。與正文同。

［九六］方校：「案：注『啜』譌『涰』，據《詩・王風》正。」按：明州本、毛鈔、錢鈔注「涰」字正作「啜」。錢振常校同。馬校：「『啜』，局誤『涰』。」

［九七］余校「鐵」字作「鐵」。韓校同。

［九八］明州本、錢鈔注「椿」字作「椿」。龐校、錢振常校同。

［九九］陳校：「『爈』當从纂。」

［一〇〇］明州本、錢鈔注「锊」字作「锊」。龐校：「皆从『寽』。」

［一〇一］方校：「案：二徐本『脂』字作『肥』。段氏云：『肥』當作『脂』。」按：明州本、錢鈔注「脂」字作「肥」。龐校同。

[一〇二] 方校：「案：『跟』譌『跟』，據《廣韻》正。」按：明州本、潭州本、金州本、毛鈔、錢鈔注「跟」字正作「踉」。陳校、龐校、錢振常校同。

[一〇三] 方校：「案：『十銖』，《尚書·吕刑》釋文及《廣韻》竝引作『十一銖』。」

[一〇四] 明州本、錢鈔注「白」字作「曰」。龐校同。誤。潭州本、金州本、毛鈔作「白」。

[一〇五] 段校：「此字當作『膊』。」陸校同。馬校：「字當作『膊』，宋亦誤，注同。」

[一〇六] 方校：「案：《廣韻》『耒』作『禾』，誤。」

[一〇七] 方校：「案：『㕯』譌『㕯』，據《廣韻》正。」按：潭州本、金州本、毛鈔注「㕯」字正作「㕯」。陳校、龐校同。明州本、錢鈔注作「㕯」。馬校：「『㕯』，局作『㕯』。」

[一〇八] 明州本、毛鈔、錢鈔注「校」字作「挍」。陳校、顧校、龐校、錢校同。與《類篇》合。馬校：「『挍』，局从木。」

[一〇九] 方校：「案：『末』譌『未』，據《類篇》正。」

[一一〇] 方校：「案：『孑』譌『孒』，據《説文》正。凡从『孑』者放此。」按：明州本、潭州本、金州本、毛鈔、錢鈔「子」字正作「孑」。陳校、錢校同。

[一一一] 按：《類篇·禾部》作「秄」，誤。

[一一二] 陳校从「丯」。顧校、陸校同。方校：「珪案：『夆』从丯，三畫皆欹，與符容切之『夆』三畫皆平者音義迴别。本書去聲《十四太》下蓋切亦誤。」

[一一三] 方校：「案：注『害』上奪『要』字，『也』譌『虔』，據《説文》及《類篇》正。」按：明州本、潭州本、金州本、毛鈔、錢鈔注「虔」字作「處」。陳校、顧校、陸校、龐校、錢校同。馬校：「『處』，局誤『虔』。」

[一一四] 明州本、毛鈔、錢鈔注「之」字作「也」。龐校、錢振常校同。

[一一五] 明州本、錢鈔注「皮」字作「支」。誤。潭州本、金州本、毛鈔注作「皮」。

[一一六] 馬校：「『宋』，局作『寀』，不成字，甲戌重刊本改正。」

[一一七] 潭州本、金州本、毛鈔注「梲」字作「棿」。陳校、顧校、陸校、龐校、錢氏父子校同。明州本、錢鈔注作「棿」。馬校：「『棿』，局作『梲』。」

[一一八] 明州本、錢鈔注「使」字作「決」。龐校同。誤。《説文·㬰部》「㬰」篆注作「使」。

[一一九] 方校：「案：『戌』譌『戍』，『威』譌『滅』，據二徐本正。毛刻篆文『㳚』作『㚇』，亦誤。」按：明州本、潭州本、金州本、毛鈔、錢鈔注下「滅」字正作「威」。龐校、錢氏父子校同。汪校：「删去『氵』旁。」馬校：「『威之』，局作『滅之』。」

[一二〇] 方校：「案：『㞶』，《篇》、《韻》、《類篇》竝作『𡲢』。」按：明州本、毛鈔、錢鈔注「㞶」字正作「𡲢」。龐校、錢氏父子校同。段校：「宋从『戉』。」

[一二一] 方校：「案：『颰』譌从水，據《廣韻》《類篇》正。」按：明州本、潭州本、金州本、毛鈔、錢鈔注「颰」字作「颰」。龐校、錢氏父子校同。馬校：「『颰』，局作『颰』。」

[一二二] 方校：「案：王本《廣雅·釋詁二》同。《類篇》『㤜』作『㤜』。」

[一二三] 段校：「《説文》从『戉』。」方校：「案：《説文》四篇《目部》：『眓，視高皃。从目，戉聲。讀若《詩》曰施罛濊濊。』補音呼哲切。又『瞋，張目也』。補音昌真切。秘書『瞋』从戌作『眓』，則『眓』非翾劣切無疑。」

[一二四] 明州本、潭州本、金州本、錢鈔注「視」字作「説」。余校、韓校、龐校、錢氏父子校同。汪校改「説」。方校：「案：注『説文』譌『視文』，據宋本及《類篇》正。」

[一二五] 陳校：「『雷』當作『電』。」參見前力蘖切「𠟍」字。

[一二六] 明州本、錢鈔無「妜」上圈。龐校：「宋無〇。」按：潭州本、金州本、毛鈔有。

[一二七] 明州本、潭州本、金州本、錢鈔注「娟」字作「娋」。龐校、錢振常校同。

[一二八] 龐校：「『煙』胡黏，似爲『烜』字。」按：龐校是，錢鈔正作「烜」。潭州本、金州本作「煙」。與《説文》合。

[一二九] 明州本、毛鈔、錢鈔「䰯」字作「䰯」，注「㬰」字作「㬰」。顧校、龐校、錢氏父子校同。陳校：「並从『㬰』。」馬校：

「『駚』，局作『駚』，注作『駚』、『旻』，皆誤。」

［一三〇］明州本、毛鈔、錢鈔「揭」字作「揭」。錢校同。馬校：「『揭』，局作『揭』。」

［一三一］方校：「案：《廣雅·釋詁一》㚕，王本據此及《類篇》補。」

［一三二］明州本、潭州本、金州本、錢鈔注「甈」字作「甈」。龐校、錢氏父子校同。

［一三三］方校：「案：大徐本同，小徐本云：『埶也。才過萬人也。』」

［一三四］方校：「案：『囬』，古『面』字，當从《類篇》作『回』。」按：明州本、潭州本、金州本、毛鈔、錢鈔注「囬」字正作「回」。錢振常校同。

［一三五］方校：「案：『擔』譌『檐』，據《史記·東方朔傳》正。」

［一三六］明州本、錢鈔注「特」字作「持」。錢振常校同。

［一三七］明州本、毛鈔、錢鈔注「尻」字作「尻」。錢校同。馬校：「『尻』，宋誤，局作『尻』。」

［一三八］明州本、毛鈔、錢鈔此字併注在「杰」下「桀」上。龐校、錢振常校同。馬校：「此字併注宋本在『杰』字注下，局在巨列切之末。」方校：「案：宋本在『杰』下『桀』上。」

［一三九］陳校：「『蘗』當作『孽』，《玉篇》：『憂也。孽孽，盛飾皃。』」方校：「案：《説文》作『孽』，《類篇》同。下『蠥』、『䢩』。『蘖』等字本書从艸，竝誤。」

［一四〇］明州本、毛鈔、錢鈔「嶭」字作「嶭」。龐校、錢氏父子校同。

［一四一］丁校據《説文》作「祑」。方校：「案：『祑』譌『栚』，據大徐本正。」按：明州本、毛鈔、錢鈔注「栚」字正作「祑」。陳校、顧校、陸校、龐校、錢氏父子校同。馬校：「局誤『栚』。」

［一四二］錢振常校：「俱从『䖸』。」

［一四三］段校：「木華《海賦》：『峌峴孤亭。』」方校：「案：『峌峴孤亭』，見木華《海賦》，注『水』當从《類篇》作『木』。」按：明州本、錢鈔注「水」字正作「木」。陳校、龐校、錢校同。馬校：「『木』，局誤『水』。」

［一四四］明州本、毛鈔、錢鈔注「鐵」字作「鐵」。龐校、錢校同。

［一四五］余校「脊」作「脊」。顧校同。按：明州本、潭州本、金州本、毛鈔、錢鈔注「髻脊」作「髻脊」。陳校、龐校、錢校同。方校：「案：『髻脊』譌『髻脊』，據宋本及《廣韻》正。」

［一四六］明州本、毛鈔、錢鈔「陧」字作「隉」。

［一四七］方校：「案：《廣雅·釋訓》：『鯢鯢，卼卼，危也。』此『臬』旁从『出』，未見。」

［一四八］余校「紀省」作「居月」。方校：「案：『劣』譌『省』，據《廣韻》、《類篇》正。」按：明州本、潭州本、金州本、毛鈔、錢鈔注「省」字正作「劣」。韓校、陳校、陸校、龐校、錢校同。

［一四九］方校：「案：『鉤』，俗字。當从《説文》、《廣韻》作『鉤』。」按：明州本、錢鈔注「鉤」字正作「鉤」。龐校同。

［一五〇］明州本、潭州本、金州本、毛鈔、錢鈔「癋」字下有注「寤言」二字。陳校、陸校、龐校同。馬校：「局脱『寤言』二字。」

方校：「案：注㚕『寤言』二字，據宋本補。」

［一五一］方校：「案：『甲』下《説文》無『介』字，今删。或从虫，或从魚，皆俗體也。」

［一五二］方校：「案：『基』譌『墓』，『鵂』譌『鵃』，據卷一《南山經》正。」按：明州本、毛鈔、錢鈔注「墓」字正作「基」。陳校、顧校、陸校、龐校、錢氏父子校同。

［一五三］陳校注「銅」作「鉤」。韓校同。方校：「案：『曰』譌『説』，『鉤』譌『銅』，今竝據正。」

［一五四］明州本、毛鈔、錢鈔注「鼈」字作「鼈」。陸校、龐校、錢校同。

［一五五］明州本、金州本、毛鈔、錢鈔注「梧」字作「棓」。陳校、顧校、陸校、龐校、錢氏父子校同。汪校从「吾」改从「音」。馬校：「『棓』，局誤『梧』。」

［一五六］陳校：「『萎』當作『蔆』，見《類篇》。」按：明州本、潭州本、金州本、毛鈔、錢鈔注「萎」字正作「蔆」。陳校、龐校、錢振常校同。馬校：「『蔆』，局誤『萎』。」

［一五七］方校：「案：『焆』譌『焇』，據《廣韻》、《類篇》正。」按：明州本、毛鈔、錢鈔注「焇」字正作「焆」。龐校、錢氏父子校同。

[一五八] 按：《類篇・手部》注無「引」字，前蹇列切「抸」字注亦無「引」字。

[一五九] 陳校：「『鐅』入《屑韻》，江南呼鐅刀。」

[一六〇] 明州本注「乖」字作「乖」。顧校、龐校、錢校同。

[一六一] 余校作「瘪」。韓校、陳校同。

[一六二] 明州本、毛鈔、錢鈔「獘」字作「獘」。陳校同。馬校：「『獘』，局从大。」

[一六三] 方校：「案：『慼』當从《類篇》作『慼』。」按：明州本、毛鈔「慼」字正作「慼」，注同。

[一六四] 明州本、金州本、毛鈔、錢鈔注「㧗」字作「批」。余校、韓校、陳校、顧校、陸校、龐校、錢振常校同。馬校：「『批』，局誤『㧗』。」方校：「大徐訓批，小徐及宋本、《類篇》竝訓批，段校改『𢪛』。此作『㧗』，誤。」

[一六五] 潭州本、金州本、錢鈔注「滅」字作「滅」。顧校同。

[一六六] 方校：「案：下文『兆』，《説文》補音兵列切，此『别』亦當作『列』。《類篇》、《韻會》竝誤。」

[一六七] 明州本、毛鈔、錢鈔注「有」下「别」字作「兆」。韓校、顧校、陸校、龐校、錢氏父子校同。

[一六八] 明州本、潭州本、金州本、毛鈔、錢鈔注「薛」字作「莳」。段校、汪校、韓校、陳校、陸校、龐校、錢振常校同。馬校：「『莳』，局誤『薛』。」

[一六九] 明州本、錢鈔注「晉」字作「習」。

[一七〇] 陳校：「『臭』，一作『具』。」按：明州本、錢鈔注「臭」字正作「具」。龐校、錢氏父子校同。

[一七一] 毛鈔「筆」下有三字空格，他本不空。

[一七二] 潭州本、金州本注「大」字作「犬」，誤。他本不誤。

[一七三] 方校：「案：『緭』譌『緭』，注同，據大徐本正。《類篇》作『緭』，以有所避而省筆也。」按：明州本、潭州本、金州本、毛鈔、錢鈔注「緭」字正作「緭」。錢振常校同。馬校：「『糹』旁局皆从『糸』。」